지옥이 따로 있나, 이곳이 미궁인걸 2

지옥이 따로 있나, 이곳이 미궁인걸 2
악마의 덫에 빠져 일상은 지옥이 되었다

초 판 1쇄 2025년 04월 15일

지은이 신상은
펴낸이 류종렬

펴낸곳 미다스북스
본부장 임종익
편집장 이다경, 김가영
디자인 윤가희, 임인영
책임진행 이예나, 김요섭, 안채원, 김은진, 장민주

등록 2001년 3월 21일 제2001-000040호
주소 서울시 마포구 양화로 133 서교타워 711호
전화 02) 322-7802~3
팩스 02) 6007-1845
블로그 http://blog.naver.com/midasbooks
전자주소 midasbooks@hanmail.net
페이스북 https://www.facebook.com/midasbooks425
인스타그램 https://www.instagram.com/midasbooks

ⓒ 신상은, 미다스북스 2025, *Printed in Korea*.

ISBN 979-11-7355-187-1 03810

값 17,000원

※ 파본은 본사나 구입하신 서점에서 교환해드립니다.
※ 이 책에 실린 모든 콘텐츠는 미다스북스가 저작권자와의 계약에 따라 발행한 것이므로 인용하시거나 참고하실 경우 반드시 본사의 허락을 받으셔야 합니다.

미다스북스는 다음세대에게 필요한 지혜와 교양을 생각합니다.

악마의 덫에 빠져 일상은 지옥이 되었다

지옥이 따로 있나, 이곳이 미궁인걸 2

신상은

미다스북스

일러두기

이 책에 나오는 모든 이야기는 실화이나, 인물은 가명을 사용하였습니다.

머리말

『지옥이 따로 있나 이곳이 미궁인걸』을 출간한 지 어느덧 많은 시간이 흘렀습니다. 부족한 저의 책을 읽어 주신 독자 여러분께 진심으로 감사의 말씀을 드리겠습니다. 독자 여러분께서 보내 주신 많은 공감과 위로 마음 깊이 새기겠습니다. 한 가지 확실한 건 아직도 이 일은 현재 진행형이란 사실입니다. 죄를 짓고 법의 심판을 마땅히 받아야 할 악의 무리들은 아직도 마치 조롱이라도 하는 듯 긴 그림자처럼 우리 가족들을 뒤쫓으며 괴롭히는 중입니다.

언제까지 이런 주객이 전도된 일이 우리네 주변에 계속 일어나야 할까요? 피해자인 우리 가족이, 범죄자인 이 일당에게 못 이겨 끌려 다니며 살아야 할까요?

범법자는 법의 사각지대를 교묘히 빠져나가 형사 처벌을 피한 채 살아가고 있습니다. 그 역시도 '언제 처벌을 받게 될지 몰라' 하는 두려움에 떨며 지내고 있겠지만요. 그가 마지막으로 남긴 말은 "2073년까지 괴롭힐게. 넌 나 못 잡아." 이 말이 어제 들은 듯 아직도 귓가에 생생합니다. 여기에서 말하는 '2073년'이란 숫자엔 어떤 의미가 내포되어 있을까요? 이 말은 즉, '너희들이 세상에서 하직하는 그 순간까지 우리의 손아귀에서 벗어나지 못할 거야.'라는 의미가 담겨있겠지요. 우리 가족은 누군가에게 원한을 살 사람도 없고, 오히려 법의 보호를 받으며 살아야 할 사람들입니다. 그런 우리 가족들이 무엇 때문에, 왜, 이런 범법자에게 이용당하고 쫓기며 살아야 할까요? 1편이 출간된 후, 참으로 많은 일들이 있었습니다.

한동안 전화 테러는 계속되었고, 불법적인 경로로 접수되는 정기후원 신청도 지속되었습니다. 이에 한술 더 떠, '사랑의 기증 센터'에서 가족들 이름으로 장기 기증을 하라는, 두 눈으로 보고도 믿기지 않는 우편물도 받아야 했습니다.

그것도 한 번이 아닌 수개월, 여러 차례 계속 이어졌습니다.

이러한 일이 반복되자 우리 가족들에게 정상적인 생활을 한다는 건 남의 나라 이야기였고 블로그 운영이나, 휴대 전화 사용을 한다는 건 꿈과 같은 일이 되었습니다. 정보화시대에 컴퓨터와 휴대 전화 이용을 못 한다는 것을 독자 여러분은 상상이나 하실 수 있나요?

비극은 여기에서 끝이 아닙니다. 그 결과 부모님은 전 재산을 빼앗기고 건강을 잃으셨습니다.

좀 더 정확하게 이야기하자면 부모님은 두 분 다 신경 쇠약으로 병원 치료를 받고 계십니다. 그뿐만 아니라 부모님의 신용등급은 바닥이 나 정상적으로 은행 거래를 하지 못할 상황에 이르게 되었습니다. 피해는 이미 눈덩이처럼 불어나 이 일이 발생하기 전의 상황으로 돌아간다는 것은 꿈만 같은 일이 된 셈입니다. 안 좋은 일은 한꺼번에 발생한다는 말이 맞는 걸까요? 이쯤에서 더 큰 사건이 하나 생기게 됩니다. 그 일을 생각하면 이 글을 쓰는 지금도 눈가에는 눈물이 주르륵 흐릅니다.

결국 원장 사칭범의 범행 때문에 저는 지옥에까지 다녀왔습니다. 그 결과 저는 가족들에게 신뢰를 완전히 잃어야 했고 그 배후엔 1편 후반부에 등장했던 '원장'이 있습니다. 그는 이 모든 일을 주도했고 2년이 넘는 시간 동안 우리 가족들은 헛다리를 짚어 시간을 낭비해야만 했습니다. 저와 가족들을 농락한 것도 모자라 수사기관까지도 농락한 그입니다.

쉽게 요약하자면 모든 범행은 자신이 해 놓고 타인에게 혐의를 뒤집어 씌우는 수법이었습니다.

그렇다면 대체 원장 사칭범 그는 누구일까요? 그는 3년이 넘는 시간 동안 사람의 탈을 쓰곤 악마도 하지 않을 파렴치한 범행을 눈 하나 깜빡하지 않고 서슴지 않고 이어 가고 있습니다.

지금도 어딘가에서 저와 가족들을 넘보고 있을 그에게 한 마디 하고 싶습니다.

"죄를 지으면 언젠가는 마땅히 그 죗값을 치르게 된다. 세상에 영원한 비밀은 존재하지 않고 영원한 범죄도 없다."

한 가족의 일상과 행복을 송두리째 빼앗아 간 그에 대해 독자 여러분과 공감하고 싶어 용기 내 2편을 출간하게 되었습니다. 지금부터 원장 사칭범 그의 실체에 대해 독자 여러분과 낱낱이 파헤쳐 보도록 하겠습니다. 그는 처음에 대체 무엇 때문에 왜 저와 가족들에게 접근했을까요? 어디에서 나타났을까요? 이것은 아직도 '미궁'이며 그에 대한 어떠한 단서도 없는 답답한 상황입니다. 이 순간까지도 먼발치에서 저와 가족들의 단서를 파악하려 호시탐탐 노리고 있습니다. 이 말은 즉 작은 허점이 보이면 언제든 치고 들어올 수 있다는 걸 암시하는 것입니다.

지금부터 그의 실체에 대해 하나하나 알아보도록 하겠습니다.

목차

머리말　005

1장
악마의 유혹에 넘어가다

1. 알고 보니 법원 서류는 진짜였다　015
2. 악마에게 조종당하는 목각인형　022
3. 감수위원님 걱정하지 마세요　027
4. 악마의 선전포고　033
5. 지상에서 지옥으로　037
6. 함정 속에서도 한결같은 어머니　041

2장

지옥에서의 생활이 시작되다

7. 지옥에서의 하루하루　047

8. 교도관의 말은 무조건 옳다　050

9. 악마의 덫에 걸린 천사　054

10. 인생의 나락 그 끝은 어디에　058

11. 지옥에는 인권이 없습니다　062

12. 사람의 지옥 그곳에서 일어난 일　068

13. 기나긴 재판 과정 그리고 추석　073

3장

서서히 드러나는 진상

14. 검은 그림자가 드리운 아버지의 통장　083

15. 악마의 미행이 시작되다　090

16. 이전되어 있는 주소, 그곳엔 누가　095

17. 검은 그림자가 드리운 휴대 전화　099

18. 밤낮 가리지 않는 그들의 손가락 장난　105

19. 다시 시작된 전화 테러　110

4장
산산조각 난 가족들의 꿈

20. 괴물의 목각인형이 된 어머니의 통장　117
21. 어둠의 그림자는 누구일까?　122
22. 수렁에 빠지다 그 끝은 어디에　125
23. 최악의 발악, 휴대 전화 소액결제　130
24. 오빠에게까지 번진 소액결제 피해　136
25. 이상함을 감지하다　139
26. 악의 축에 들어간 개인정보　145
27. 가족들의 짓이라고요?　150

5장
꼬리에 꼬리를 무는 악행

28. 실체를 드러낸 그　155
29. 확장되어 가는 그의 폭주　160
30. 가스라이팅이 시작되었습니다　164
31. 가면을 쓴 그들의 교류　170
32. 이면엔 무엇이 있을까요?　177
33. 행복을 집어삼킨 검은 그림자　183
34. 악의 축이 앗아간 아버지의 기억　187
35. 오빠의 여자　194
36. 새봄이 옵니다　202
37. 지옥의 문은 열리지 않습니다　209

1장

악마의 유혹에 넘어가다

1.

알고 보니 법원 서류는 진짜였다

"성은아, 법원에서 나왔다는데 이게 무슨 일이니?"

2023년 2월의 어느 주말, 그날도 어김없이 가족들과 옹기종기 모여 TV 시청을 하고 있었습니다. 악의 무리의 괴롭힘만 아니었다면 세상 누구 못지않게 행복한 시간을 보내고 있었지요. 저의 집은 다가구주택이고 3층에 거주하고 있습니다. 그리고 개 한 마리도 키우고 있습니다. 시간이 오전 11시쯤 되었으려나요? "심성은 씨, 심성은 씨." 저 멀리서 제 이름을 부르는 소리가 들리는 겁니다. TV 시청을 하고 계시던 아버지는 황급히 1층으로 내려가 그 목소리의 정체를 확인하셨습니다. 주말에는 제 이름을 부를 사람도 없었습니다. 또한 그 당시에는 택배 주문한 것도 없어서 아버지께서는 다소 의아해하셨습니다. 한편으론 떨리는 마음으로, 아래층에 내려가셨습니다. 아니나 다를까 그 목소리의 주인공은 바로 본인이 지방법원에서 나왔다고 주장하는 어떤 남성이었습니다. 그 남성은 아버지께 서류 한 장을 건넵니다. 이에 미심쩍은 아버지는 서류를 남성이 보는 데서 뜯어보십니다. 그렇습니다. 그건 지방법원에서 온 공소장이었습니다.

"심성은 씨 아버지 되시나요? 이 사건은 변호사 꼭 선임하셔야 합니다. 안 하면 큰일 나요."

"제가 알아서 할게요." 아버지는 서둘러 남성과의 대화를 중단하셨고, 그 남성은 그 말을 마지막으로 오토바이를 타고 급하게 달아났답니다. 아버지께서 몹시 화가 난 얼굴로 서류를 가지고 오셨습니다. "이 서류는 진짜 같다. 재판해야 하겠다. 원장님께서 법에 대해 잘 아시니 이 서류를 사진 찍어서 바로 보내 드려라." "네, 바로 보내도록 하겠습니다."

원장이란 자는 사진을 보낸 지 채 1분도 지나지 않아 문자메시지를 읽었습니다. 그에 대한 답은 이러했습니다.

"이 서류 김중호가 보낸 겁니다. 감수위원님은 이 서류 당장 찢어버리세요. 볼펜으로 고친 흔적도 있잖아요. 딱 봐도 가짜니까 신경 쓰지 마세요. 당장 없애세요."

그는 반복적으로 서류를 버릴 것을 강요하듯 했습니다. 부하 직원인 저는 하는 수 없이 원장의 말을 들을 수밖엔 없었습니다. 뭔가 찔린 듯해 보였지만, 당시에 믿을 사람이라고는 원장 하나뿐이었습니다. 아버지께서는 법원에 확인 전화라도 한번 해 볼 것을 당부했습니다. 그렇지만 저는 원장의 말만 믿고 즉시 실행했던 것이지요. 실제로 버리진 않았지만, 법원에서 온 서류는 일단 마음속에서 지우고 살기로 했습니다. 얼마나 시간이 흘렀을까요? 원장에게 메시지가 한 통 날아옵니다. "법원 서류 버리셨나요? 감수위원님, 그거 김중호가 꾸민 일이니까 무슨 일이 있어도 없애셔야 해요." "네 버렸어요." 원장은 마치 저를 추궁하듯 반복적으로 메시지를 보냈습니다. 이때까지는 한 번도 원장을 의심한 적이 없었고 그런 상상조차 하지 못하였습니다. 단지 직장 상사가 부하 직원을 도와준다고 생각하고 있었습니다. 또, 부모님 역시도 원장을 그렇게 생각하고 있을 때입니다.

"원장님 없으면 우리 가족은 어떻게 사니. 원장님이 은인이다. 은인이야. 김중호 그 새끼는 이제 하다 하다 법원까지 사칭하니? 대체 뭘 원한 이래."

아무것도 모르던 때, 원장은 우리 가족에게 이렇게도 고마운 존재였습니다. 이때 또다시 원장에게 문자메시지가 전송됩니다. 내용은 다음과 같습니다.

"감수위원님 주말에 참 바쁘시지요. 자꾸 연락드려 죄송합니다. 법원 서류에 직인이 없잖아요. 요즘 세상에 직인 없는 법원 서류가 어디에 있습니까. 조금이라도 마음에 담아두고 계신다면 마음속에서 지워 버리세요." 그의 말은 그럴싸했습니다. 우리나라 사법부, 그것도 제일 높은 기관인 법원에서 오는 문서에 직인이 없을 리 없었습니다. 그런데 실제로 받은 서류에도 직인이 없었습니다. 그래서 그의 말을 믿었고, 저는 김중호의 만행이라고 생각했습니다. 그때까지만 해도 김중호는 실존하는 인물이요, 아직 잡히지 않고 있는 수배자로만 알고 있었으니까요.

하지만 며칠 뒤 또 이상한 일이 일어납니다. 그날 역시 주말이었고, 아버지께서 잠시 볼일을 보러 외출을 하실 일이 있었습니다. 외출하신다던 아버지가 굳은 표정으로 다시 집으로 돌아오십니다. 아니나 다를까, 아버지의 손에는 하얀 쪽지가 있었습니다. 맞습니다. 이번에도 법원에서 왔다 갔다는 일종의 증거물 같은 겁니다. 그러고는 저에게 이렇게 말씀하십니다.

"성은아, 법원에서 나왔다는데 이게 무슨 일이니? 법원에서 자꾸 왜 나오는 건지 아빠가 직접 법원에 전화해서 알아볼게. 너는 원장님께 이 쪽지 사진 찍어서 보내라."

"네, 원장님께 보낼게요."

그는 저에게 해당 연락처로 전화하지 말 것을 당부합니다. 그러곤 다음과 같은 말을 남깁니다. "감수위원님, 이거 김중호나 그 일당들 연락처예요. 전화하시면 휴대 전화 해킹 당하고 감수위원님이나 가족분들이나 큰일 납니다. 절대 하지 마세요. 그리고 절대 법원에 알아보지 마세요. 지금 법원에 전화하시면 김중호가 받습니다."

저 말을 몇 차례나 반복했는지 모릅니다. 저는 뭐 하나 스스로 할 수 있는 게 없었습니다. 원장은 법에 대한 일은 무조건 자신을 통해서만 진행할 것을 강요했습니다. 무슨 이유일지, 원장은 법원에 전화해서 직접 알아보는 것을 막았습니다. 그 이유에 관해 물어보니, 휴대 전화가 해킹 당하고, 가족들이 전부 큰일 난다고 그가 말했습니다. 아버지께서는 법원에 전화해서 직접 알아보는 걸 포기하시고 다시 한번 원장을 믿기로 결심합니다. 하지만 반복적으로 법원에서 서류가 오고, 쪽지가 오니 마음 한편이 편하지만은 않으셨을 겁니다. 그렇지만 일단 그를 의심하지 않기로 합니다. 이를 듣던 어머니께서 "속는 셈 치고 그 연락처로 전화 한번 해 봐. 김중호가 아무리 악질이어도 주말까지 이런 짓을 하진 않을 것 같은데."라고 말씀하십니다. 아버지께서는 휴대 전화를 켜더니 해당 연락처로 전화를 거셨습니다. 너무 찝찝한 마음에 속는 셈 치고 하얀 쪽지에 있는 연락처에 직접 전화하신 것입니다.

이때 믿을 수 없는 일이 발생하게 됩니다. 해당 연락처로 연락하니, "고객님이 전화를 받을 수 없어 음성 사서함으로 연결됩니다. 연결된 후에는 통화료가 부과됩니다."라는 말이 나왔고, 다시 한번 연락을 하니 한참 동안 통화 중이 걸렸습니다. 통화를 시도한 지 30분 정도 지났으려나요?

"지금 거신 전화는 없는 번호이니 다시 확인하고 걸어 주세요."라는 말이 나옵니다.

순간 제 귀를 의심했습니다. 불과 5분 전까지만 해도 통화 중인 번호였는데 갑자기 없는 번호랍니다. 이는 즉, 명의자가 번호를 없앴다는 증거이고, 이를 토대로 원장의 말이 사실일 거라 추측했습니다. 그리고 적어도 겉으로 보기엔 모든 일이 원장의 말대로 되는 듯하게 보였습니다. 고름이 살 되지 않는다고 실질적으로 해결되는 것은 하나도 없었습니다.

법원에서 온 서류만 벌써 두 번째입니다. 더 이상 이런 서류를 받을 일이 없는지 걱정되고 궁금하기도 해서 원장에게 이렇게 메시지를 보냅니다.

"원장님, 법원에서 또 서류가 올까요? 이번이 마지막인가요?" "감수위원님, 걱정하지 마세요. 이번이 마지막입니다." 그의 말은 거짓말이었습니다. 어느 날 오후 그의 말은 사실이 아님이 들통나게 됩니다. 그날은 평일이었고, 날이 좋아 어머니와 잠깐 외출하는 날이었습니다. 현관 밖에 또 하얀 쪽지가 와 있는 겁니다. 그 쪽지라면, 이제 심장이 두근두근 쿵쾅쿵쾅 요동을 칩니다. 아니나 다를까, 또 지방법원에서 나왔답니다. 더 이상한 건 지난번과 연락처도 같았고 담당자의 이름도 같았습니다. 그리고 테이프를 길게 늘어뜨려 붙이고 간 것까지도 똑같았습니다. 이를 본 어머니는 "가짜구나. 원장님 귀찮게 하지 말고 그냥 넘겨라." 하셨고, 저도 이번엔 그냥 혼자만 알고 있기로 했습니다. 원장에게 말해 봐야, 똑같은 답변이었기 때문이지요. 하루하루 사는 게 아니었고 남들이 겪지 않는 일을 왜 겪어야 하나 싶었습니다. 한편으로는 부모님께서 그렇게 뵙고 싶어 하는데 바쁘단 이유로 만나는 날짜를 차일피일 미루기만 하는 점이 영 석연치 않게 느껴지기도 했습니다. 하지만 좋은 게 좋은 거, 그리고 부하 직원이 직장 상사를 의심하는 건 예의가 아닌 것 같아 참고 또 참았습니다. 그 쪽지를 마지막으로 우리 가족은 며칠간 편안한 나날을 보냈고 일이 이렇게 마무리되나 싶었습니다. 무소식이 희소식, 기쁨은 그다지 길지 않았습니다. 원장은 저와의 비밀 거래를 하나 제안하게 됩니다.

"감수위원님, 오늘 김중호가 보낸 등기가 하나 갈 겁니다. 감수위원님 집 근처에 아파트 하나 있지요? 부모님 모르게 거기에 가서 일단 받으세요. 그리고 받고 꼭 버리세요. 무조건, 꼭 버리셔야 합니다. 가짜예요."

"네, 알겠습니다. 원장님."

2.

악마에게 조종당하는
목각인형

"감수위원님, 제가 말한 대로 등기 받으셨네요. 정말 잘하셨어요."

가짜 등기를 부모님 몰래 받으라고 한 원장의 말이 기분 나쁘고 수상하기도 했습니다. 그러나 가족들이 걱정하는 게 싫어 근처 아파트로 가서 등기를 받았습니다. 그건 놀랍게도 법원에서 온 서류였습니다. 너무 놀라 황급히 뜯어보니 공소장이었습니다. 이전에 받은 등기와 똑같이 직인이 없어서 가짜임을 확신했습니다. 그래서 원장의 말처럼 혼자 읽어보고는 바로 버렸습니다. 여기에서 놀라운 사실이 하나 있습니다. 원장은 등기를 받은 사실을 저보다도 먼저 알고 있었습니다. "감수위원님, 제가 말한 대로 등기 받으셨네요. 정말 잘하셨어요."라고 말하는 겁니다.

사실 제가 받은 공소장에는 재판 날짜와 시간 그리고 해당 법정까지도 모두 적혀 있었습니다. 직인이 없는 점을 제외하고는 너무도 진짜 같았습니다. 원장과 김중호, 이 둘은 어떤 관계일까요? 김중호가 보낸 등기까지도 아는 원장, 혹시 한패가 아닌가 하는 의심마저도 강하게 들기 시작했습니다. 원장이 알고 있는 건 그뿐만이 아니었습니다. 그는 제가 경찰서에 조사받으러 가면, 그 사실을 먼저 알고 있곤 했습니다.

"감수위원님, 오늘은 서울 ○○ 경찰서 수사관이 관할 서에 방문한답니다. 감수위원님은 30분 정도만 조사받으면 되고 수사관이 하는 말에 시인만 하면 됩니다. 뒷일은 제가 알아서 할 테니 감수위원님은 일에만 열중하도록 하세요." 그동안 열 곳이 넘는 경찰서에서 조사받았고, 원장의 말은 늘 한결같았습니다. 이 역시 저는 직장 상사의 말이라 거절할 수가 없었습니다. 그가 지시하는 대로, 경찰관들의 말에 모조리 시인했습니다. 원장이 알고 있는 건 이뿐만이 아니었습니다. 경찰서에서 조사가 끝나는 시간까지도 정확히 알고 있었습니다. 제가 급히 나가느라 휴대 전화를 집에 두고 조사받으러 간 일이 있었습니다. 조사는 30분간 이루어졌고, 집에 돌아온 저는 깜짝 놀랄 일을 접하게 됩니다. 다름이 아니라 원장에게 이런 문자가 와 있는 겁니다. "감수위원님, 조사받느라 수고 많으셨습니다. 김중호가 감수위원님 아이디나 휴대 전화로 장난을 치나 봐요. 제가 대신해서 죄송하다고 말씀드리겠습니다. 모든 일은 제가 알아서 할 테니 감수위원님은 신경 쓰지 마세요." 휴대 전화를 집에 두고 갔기에, 원장에게 조사가 끝났다는 말조차 하지도 않았습니다. 그런데 그는 이미 제가 조사 마친 사실을 먼저 알고 있었습니다. 항상 신경 쓰지 말라, 본인이 알아서 하겠다는 말로 저를 안심시키곤 했습니다. 그는 제가 조사를 마친 사실을 어떻게 알고 있었을까요? 제 휴대 전화는 원장의 손아귀에서 놀아나고 있었던 것일까요? 그 이야기는 이 책을 끝까지 읽다 보면 답이 나온다고 생각합니다. 늘 "제가 알아서 할게요. 감수위원님은 일하는 데만 열중하세요."라고 말하는 그입니다. 그렇지만 사실은 알아서 하는 것은 하나도 없고 진실을 숨기는 데만 급급해 보였습니다. 하지만 이때까지만 해도 원장을 의심하지 않았습니다. 여기에서 자연히 한 가지 의문이 생기게 됩니다. 조사는 제가 받는데 원장이 뭘 알아서 한다는 걸까요? 그가 자주 사용하는 말 중에 이런 말이 있었습니다. "감수위원님 휴대 전화를 김중호가 원격 조정해서 약을 팔았나 봐요. 밤에까지 판 것 같아요. 그러니 잠깐 조사받으러 다녀오세요. 감수위원님은 제가 수사관과 통화해서 무혐의로 끝내드리겠습니다."

　그는 굉장히 법에 대해 빠삭하게 알고 있는 사람 같았습니다. 원장은 공권력을 가진 사람도 아닌데 어떻게 무혐의 처분을 해 준다는 것일까요? 그래도 그는 제 상사였고 저는 부하 직원이었습니다. 직장 상사가 부하 직원을 속인다는 건 순리에 맞지 않는다고 생각했습니다. 그래서 적극적으로 조사에 임했던 겁니다. 원장의 말대로 모든 경찰서에서 관할서로 방문했습니다. 놀라운 사실은 수사관은 늘 원장이 말하는 장소에

와 있었습니다. 원장님이 참 친절한 분이라고 말하는 수사관도 있었고, 상사 잘 둬서 좋겠다는 식으로 말하던 수사관도 있었습니다. 이렇게 공권력까지도 쥐락펴락한다는 원장인데 단 한 번도 앞에 나서서 도와준 적은 없었습니다. 그런데 말입니다. 원장이 모두 무혐의로 끝내 준다고 했는데 어느 날 모 지방 검찰청에서 우편물 하나가 날아옵니다. 내용은 모 지방법원으로 송치한다는 우편물이었고, 이날 저희 집안은 발칵 뒤집혔습니다. 아버지께서는 화가 단단히 난 눈치였습니다.

그러고는 저에게 이렇게 말씀하십니다. "원장님이 조사만 받으면 끝난다고 했는데 이건 무슨 우편물이니? 원장님께 사진 찍어서 보내도록 해라." 저는 이 우편물 그대로 사진을 찍어서 원장에게 문자로 보냈고, 예상했던 대로 1분도 안 돼 답이 도착합니다. "감수위원님, 이거 가짜 서류입니다. 김중호나 그 일당들이 보낸 것 같아요. 그냥 버리시든지 무시하세요. 우편물에 적혀 있는 번호에 전화하시면 김중호나 그 일당들이 받으니 절대 전화하지 마세요." 원장은 역시나 제가 직접 알아보는 걸 만류했습니다. 당시에 처해 있던 상황도 이 우편물이 가짜임을 말해 주는 것 같았습니다. 그래서 아버지도 또다시 그에게 속아 넘어가셨습니다. 그러곤, 저에게 이렇게 말씀하셨습니다. "원장님 말만 믿자. 원장님 없으면 어떻게 하니. 또 진짜인 줄 알고 깜짝 놀랐잖아." 옆에서 듣고 계시던 어머니도 이렇게 말씀하셨습니다. "우리 가족은 원장님이 구세주예요. 원장님 없으면 못 살아요. 부처님은 못 믿어도 원장님은 믿어요."

 이렇게 다시 원장의 말을 맹신하게 되고 해당 검찰청 서류 사건은 이렇게 일단락되는 듯하였습니다. 그날 이후로 검찰청 우편물은 다시는 오지 않게 되었습니다. 따라서 모든 사건을 무혐의로 끝내준다는 원장의 말도 나름대로 신빙성 있게 된 것입니다. 열 곳 정도 되는 경찰서에서 조사받았습니다. 그러나 검찰에 송치되었단 우편물은 저 가짜 우편물을 제외하고는 한 개도 못 받은 셈이었습니다. 경찰서에서 조사받으면 검찰청으로 넘어가는 게 순서입니다. 하지만 더는 우편물이 날아오지 않았습니다.

 원장이 시키는 대로 모든 혐의를 시인했지만, 무혐의로 끝이 나나 보다 하고 생각하고 있었습니다. 하지만 이 사건의 당사자인 제가 직접 알아볼 수 있는 건 하나도 없었습니다. 썩은 나뭇가지라도 잡고 싶은 절박한 심정이었기에 원장의 말을 믿을 수밖에 없었던 것입니다. 당시에 저와 우리 가족을 도와준다고 생각하는 사람은 원장 딱 한 명밖엔 없었으니 말 그대로 은인으로 생각했었습니다. 그러던 어느 날 원장에게서 문자 한 통이 도착하게 됩니다.

3.

감수위원님
걱정하지 마세요

모두 무혐의로 끝났으니 걱정하지 마세요.

"감수위원님, 모두 무혐의로 끝났습니다. 혹시 앞으로 검찰이나 법원에서 등기나 우편물이 오면 모두 버리시고 제 말만 들으시면 돼요." 그렇게 긴 겨울이 지나고 제게도 따뜻한 봄이 오나 싶었습니다. 공권력을 무시하라고 하는 게 의아하기는 했지만, 그의 말을 믿는 편이 옳은 거라 판단했습니다. 그래도 마음속으로는 한 가지 이상한 점이 있었습니다. 무슨 일이든 원장은 항상 말뿐이었습니다. 그 사실이 참으로 답답하고 화도 났습니다.

하지만 워낙 바쁘셔서 그러려니 하고 참고 견뎠습니다. 언젠가는 그가 우리 가족들 앞에 나타날 거란 마음 하나로 길다면 긴 시간 버텨 왔던 것입니다. 하지만 원장 덕에 복잡한 사건에서 무혐의로 끝이 났습니다. 그러니 그에게 정말 고마웠습니다. 어머니께서 말씀하시길

"원장님 이번에 이 일 때문에 고생이 많으셨는데, 이번 주 중으로 우리 집에 오시라고 해라."

하고 말씀하셨고 저는 이 말을 원장에게 전달했습니다. 이때 원장에게 놀라운 사실 하나를 전해 듣게 됩니다. "감수위원님, 오늘은 저의 아버지께서 위독하셔서 못 가요. 아마 이번 주엔 아버지 병간호하느라 힘들 것 같아요." 평소에 아버지께서 위독하시다던 말도 못 들었고, 금시초문이었습니다. 그렇게 한번 얼굴 뵙고 인사하려고 하는 날마다 이러한 이유를 들며 약속을 차일피일 미루기만 하는 그입니다. 그는 언제나 부모님이 계시지 않는 제삼의 장소에서 법원 등기를 받을 것을 요청했습니다. 저는 이에 끝까지 순응했습니다. 오직 원장만을 믿어온 터라 거절할 수 없었고 어느 날 원장에게 이런 연락 한 통이 오게 됩니다.

"감수위원님 오늘도 김중호가 보낸 법원 등기 또 갈 겁니다. 집에서 받으시면 부모님께서 걱정하실 게 뻔하니, 인근 편의점이나 아파트 부근에 가셔서 받으세요." 아니나 다를까, 이번에도 공소장입니다. 저는 경찰서에서 조사받은 사실이 있습니다. 모두 아시다시피, 법원은 경찰의 상위기관입니다. 무혐의로 끝났다고는 하지만 법원에서 반복적으로 공소장이 도착하니 불안감이 엄습해 옵니다. 뒤늦게 안 사실이지만 법원에서

온 등기는 진짜였습니다. 법원에서 등기가 자꾸 오자, 아버지께서는 큰 마음 먹습니다. 그러곤 직접 법원에 전화를 거셨습니다. 우중충한 기분과는 다르게 햇살이 참 따스한 어느 봄날의 아침입니다. "○○ 지방법원 되지요? 제가 컴퓨터를 다룰 줄 몰라 사건 번호를 직접 조회하려고 하는데 이런 사건 번호가 있나요?" "네 있습니다. 병합해서 재판이 이루어질 것이고 재판 날짜도 나왔어요. 출석하셔야 합니다." 더욱 놀라운 건 원장은 법원 직원과 아버지가 한 이 대화도 엿듣고 있었습니다. 원장에게 보이스톡이 빗발칩니다.

"감수위원님 아버지께서 법원에 전화하셨죠? 그거 큰일 나요. 가짜예요. 김중호 일당들이 법원 사칭을 하는 거예요. 감수위원님이나 아버지나 나중에 큰 피해 봅니다. 피해도 이미 크게 입으셨는데 가짜니까 다시는 전화하지 마세요." 그의 말 한마디에 아버지는 또다시 무너지십니다. "그래, 딸 직장 상사인데 거짓말을 하겠니. 원장님만 믿자." 그렇게 또다시 원장만을 믿기로 합니다. 끝난 것 같았던 경찰서 조사도 끝난 게 아니었습니다. 저는 또다시 이 경찰서 저 경찰서에 조사받으러 다녀야만 했습니다. 자연히 그의 말은 거짓말이었던 것입니다.

그는 적어도 우리 가족을 속이고 있었던 것은 분명한 사실이었습니다. 조사 시간은 길지 않았지만, 이리저리 조사받으러 다니는 일은 참 많았습니다. 또한 그가 시키는 대로 100% 시인했습니다. 그때까지만 해도 그렇게만 하면 모든 일이 끝나는 줄만 알고 있었습니다. 수도 없이 많은 경찰서에서 연락이 오니 이젠 김중호가 아닌 원장이 의심이 가기 시작했습니다. 문득, 김중호는 가상 인물이 아닌가 하는 생각도 머릿속에 스쳐 지나갔습니다.

그 이유는 즉, 김중호 이름으로 경찰청 홈페이지에서 지명 수배자 조회를 해 봐도 뜨지 않았기 때문이죠. 저는 무척이나 답답했고 오랜 고민 끝에 왜 조회가 되지 않는지 원장에게 물어봤습니다. 원장이 대답하기를, "지명 수배자는 6개월이 지나야 조회가 됩니다."라는 말뿐이었습니다. 게다가 뭐 하나 직접 나서서 알아보려고 하면 "그거 가짜예요."라고 말하거나, "거기에 전화하면 피해 보아요."라는 말뿐이어서 무언가를 직접 알아볼 용기가 나지 않았습니다.

아버지의 명의도용 대출 건도 어떻게든 구제받게 해 주겠다. 이 일에 목숨 걸겠다라고, 항상 말하는 그였기 때문입니다. 사실 원장을 믿은 이유는 아버지의 명의도용 대출 건이 컸습니다.

금액도 컸지만, 이 대출 건에 대해 원장이 남긴 말이 참 가관입니다. 지난 1편에 잠깐 다룬 적이 있습니다. 그에 대한 뒷이야기는 이 책을 끝까지 읽으시면 그에 대한 해답을 얻을 수 있을 거라 생각합니다. 다시 본론으로 돌아와 원장의 말이 사실이 아님을 알게 된 그날도 모 경찰서에서 출석하라고 연락이 왔습니다. 경찰 직통번호가 아닌 휴대 전화 번호였습니다.

"심성은 씨 휴대 전화 되시나요? 여기 ○○ 경찰서인데 잠깐만 시간 내서 출석하세요. 잠깐이면 되어요." 이때까지만 해도 모든 조언을 원장에게 구했습니다. 그에게 이게 경찰서 번호가 맞는지 사실 여부에 관해 물어봤지요. 돌아오는 답변은 의외였고 다음과 같습니다.

"감수위원님, 경찰 조사는 저번에 끝났어요. 이거 경찰 사칭이에요. 경찰은 휴대 전화 번호로 전화 안 해요. 사기 전화니까 그냥 오라고 해도 무시하고 문자도 받지 마세요. 편하게 수신 거부 해 놓으세요."

결론은 이번엔 조사받으러 가지 않아도 된다는 것이었지요. 한편으론 기쁘고 한편으론 걱정도 되었습니다. 하지만 그날뿐만 아니라 그다음 날도, 며칠이 지나도 그 번호로 전화가 계속 걸려 오는 겁니다. 직통번호가 아닌 휴대 전화번호로 연락이 왔습니다. 마침 수신 거부도 해 놓았겠다 난 잘못한 사실이 없겠다. 경찰이 무서울 이유가 없었습니다. 하지만 마음 한편엔 이상하게도 찜찜한 생각이 들었습니다. 생각해 보면 원장은 말만 앞세우고 실제로 지킨 일은 하나도 없는 말만 앞세우는 사람이었던 것입니다. 한편으로는 이러다가 내가 잘못되는 거 아닌가 하는 최악의 부정적인 생각도 들었습니다. 그렇게 하루하루 불안한 나날을 보내는 중 이제 해당 번호로 문자가 날아옵니다.

"심성은 씨 되시나요? 여기 ○○ 경찰청 강력팀인데요. 월요일 오후 두 시까지 인근 지구대로 조사받으러 나오세요. 계속 전화 안 받으시면 체포영장 발부합니다."

사람의 본능이랄까요? 체포영장 발부란 말에 심장이 '쿵' 하고 내려앉는 기분이었습니다.

그래서 원장에게 해당 수사관 연락처를 넘겨줬고, 연락을 해 볼 것을 권했습니다. 원장은 실제로 통화도 해 봤다고 했습니다. 물론 녹취파일이나 그에 대한 증거 자료는 없었습니다.

"감수위원님, 해당 수사관 사칭하는 사람과 통화를 길게 했습니다. 그리고 해당 경찰청에도 전화를 해 봤는데 감수위원님 이름으로 사건 접수된 게 없대요. 그러니 안심하세요. 녹취파일을 감수위원님께 보내 드리고 싶은데 용량이 큰 파일들은 녹취가 안 되네요. 정말 죄송합니다." 비록 제게 보내 주진 않았지만, 녹취파일이 있다고 하니 마음이 조금은 편안해졌습니다. 저의 집의 모든 게 그때만 해도 원장의 손에 달려 있었습니다. 따라서 이것마저도 거짓말이라면 말도 안 되는 사실이요, 우리 가족은 길거리에 나앉게 되는 게 기정사실이었습니다.

4.

악마의 선전포고

"너희 집 컵라면 하나 사 먹을 돈도 없게 알거지로 만들어 줄 거다.
넌 평생 500원짜리 동전도 네 손으로 못 벌 줄 알아라."

"너희 집 컵라면 하나 사 먹을 돈도 없게 알거지로 만들어 줄 거다. 넌 평생 500원짜리 동전도 네 손으로 못 벌 줄 알아라." 하고 말한 김중호의 말이 머릿속을 문득 스쳤습니다. 그렇기에 원장의 모든 말은 사실이어야만 했던 것이지요. 울적한 제 마음만큼이나 비가 주룩주룩 내리는 어느 날, 해당 수사관에게 문자메시지 한 통이 다시 날아옵니다.

"심성은 씨 오지 말고 그냥 자택에 계세요. 집에 계신 거 다 알아요." 하고 수사관에게 문자가 왔습니다. 그래도 원장의 말을 믿어야 했습니다. 따라서 수사관의 문자엔 아무런 답변을 하지 않았습니다. 그렇게 시간은 흐르고 흘렀고 연휴 전까지 수사관에게 더 이상의 문자도 오지 않았고 전화도 안 왔습니다. 그런데 평소에 꿈을 꾸시지 않던 어머니께서 어젯밤 꿈자리가 영 뒤숭숭하다는 것입니다.

"딸아, 어젯밤에 안 좋은 꿈을 꿨다. 꿈에 웬 여자들이 벌거벗고 나와서 춤을 추고 있더라. 여자들이 어찌도 많던지, 당분간은 조심해야겠다."
 어머니께서는 예지몽을 꾸시는 분이 아닙니다. 그렇지만 그 꿈자리는 영 찝찝했습니다. 그 꿈은 누군가에게 조롱당하고 있는 듯한 지금의 모습을 상징하는 것 같기도 했습니다. 좋지 않은 꿈은 잊는 게 상책이라고 생각했습니다. 따라서 그날 아버지 차를 타고 인근으로 드라이브를 가게 됩니다. 몇 년 만의 드라이브일까요? 기왕 나간 김에 외식도 하고 집에 돌아왔습니다. 덕분에 어머니의 꿈은 잊게 될 수 있었습니다. 덩달아 원장이 가짜 수사관이라고 말하던 수사관의 연락도 잊고 지낼 수 있었습니다. 마침 힘든 일을 하시는 아버지 신발이 낡아서 신발도 새로 주문해 드렸습니다. 세상사 고민 없는 사람 없습니다. 저 역시도 고민은 있었지만 한 편으로는 행복한 연휴를 보냈습니다. 운이 좋게도 어제 주문한 신발은 다음날 받아볼 수 있었습니다. 아버지의 작업화를 바꿔 드리니 마음만은 뿌듯한 그런 연휴이기도 했지요. 그렇게 연휴가 흘러 흘러 어둑어둑한 밤이 되었고 날짜는 5월 6일이 되었습니다. 수사관의 문자대로라면 오늘 집에 찾아오는 게 맞는데, 오후 시간이 되도록 소식이 없습니다.

그때 원장의 말처럼 가짜 수사관임을 확신했습니다. 가짜 수사관임을 알려 준 그에게 감사 인사를 드렸습니다.

"저는 제 할 일 한 것뿐인데요, 뭐. 앞으로 법률적인 자문은 저에게 구하세요. 혼자 해결하려 하지 마시고 저에게 기대시면 돼요. 지금부터 감수위원님께 연락해 오는 모든 수사관이나, 법원 문서는 가짜이니 무시하세요. 경찰이 집에 찾아가도 문 열어 주지 마세요."

원장의 말은 한결같이 글로만 웅장했습니다. 이쯤에서 자연히 궁금한 점이 하나 더 생겼습니다. 저는 누군가에게 원한 산 적이 없습니다. 오히려 상대에게 맞춰 주는 편이어서 싸움에 휘말린 적도 없었습니다. 그런데 제가 뭐라고 이렇게 수사관까지 사칭하며 괴롭히는 것일까요? 의문이 들지 않을 수 없습니다. 저를 괴롭히는 사람의 정체에 대해 원장에게 물어보고 싶은 마음이 굴뚝같았습니다. 그렇지만 방해가 될 것 같아서 참고 기다렸습니다. 그렇게 기다리다 보면 언젠간 범인이 검거되겠지 하는 마음으로요. 그렇게 또 하루가 지나갔고 5월 7일이 왔습니다. 하늘도 화가 난 것일까요? 그날은 아침부터 잔뜩 흐려 있었습니다.

그날 역시 평소와 같은 하루를 보내고 있었습니다. 그때 마침 일을 다 마치고 점심을 먹으려고 상을 차리고 있었습니다. 사업을 하시던 아버지는 그날 집에 계시지 않았고 어머니와 저 단둘이 있었습니다. "딸아, 아빠 오늘 늦게 오시겠다. 우리 먼저 김치 볶음 해서 밥 먹자. 엄마 배고프다." 그렇게 식사하고 있는데 갑자기 키우고 있던 개가 정신없이 왔다 갔다 하며 왈왈 짖었습니다. 어머니는 이렇게 생각하셨습니다. '밑에 층 사는 사람이 택배 주문했나 보다.' 그런데 그렇다기엔 너무 오랜 시간 짖었고, 밖에서는 제 이름을 부르는 소리도 들렸습니다.

"심성은 씨." 그날 날씨만큼이나 예감이 좋지 않았습니다. 제 이름을 부르는 소리를 듣고는 어머니께서 황급히 겉옷을 입고는 밖으로 나가 보셨습니다. 밖에는 웬 남자 두 명이 서 있었습니다.

5.

지상에서 지옥으로

"심성은 씨 되시나요?

법원에서 구속영장이 발부돼서 영장 집행하러 왔습니다."

"누구신데 우리 딸을 찾으시지요? 어디에서 나오셨나요?"

"경찰입니다. ㅇㅇ 경찰청에서 나왔고 체포영장 가지고 왔습니다. 따님은 어디 계시나요? 따님 나와 보라고 하세요." 어머니와 경찰과 말이 길어지자, 서둘러 신발을 신고 문밖으로 나갔습니다. 아니나 다를까 공무원증을 가지고 있는 경찰이 진짜 맞았습니다.

"심성은 씨 되시나요? 법원에서 구속영장이 발부돼서 영장 집행하러 왔습니다."

순간 몸이 파르르 떨리고 심장이 녹아내릴 듯 조여 왔습니다. 한편으로는 '원장에게 또 속았구나!' 하는 배신감이 들었습니다. 이때까지 제가 받아 온 법원 문서와 등기들은 모두 진짜였고, 원장의 모든 말들은 거짓말이요, 가짜였습니다.

"우리 딸은 죄가 없어요. 죄 없는 사람이 무슨 체포영장이에요. 당장 돌아가세요. 우리 딸 직장 상사님께 전화하라 할 테니 당장 가요. 당신들 경찰 아니지요?"

어머니는 경찰에게 이렇게 말씀하셨습니다. 저는 썩은 나뭇가지라도 잡는다는 심정으로 원장에게 전화했습니다. 아니나 다를까, 원장의 전화기는 꺼져 있었고 실낱같은 희망이 사라지는 순간이었습니다. 그동안 원장은 제 명의의 네이버 아이디를 "나에게 맡겨라. 네가 관리하면 무슨 일이 생긴다."라고 말해서 아이디 전체를 그에게 맡겼습니다. 직장 상사이다 보니 어련히 알아서 잘 관리하겠느냐고 하고 믿고 맡겼던 겁니다. 그 이후로 저는 제 아이디의 행방을 확인할 수 없었고 제가 가입된 카페 목록도 볼 수 없었습니다. 아이디의 상태를 확인하려 하면 원장은 "제가 알아서 관리할게요. 감수위원님은 일하는 데만 집중하세요." 하면서 저를 안심시켰습니다. 당시에 제 휴대 전화도 거의 꺼 놓고 지냈습니다. 간혹 가다가 휴대 전화를 켜면 이상한 일이 생겼습니다. 제가 휴대 전화에서 문자를 확인하려고 하면 누군가가 먼저 읽었다는 표시가 돼 있었습니다.

하지만 저는 이를 대수롭지 않게 생각하고 휴대 전화가 오작동하려니 하고 생각하고 좋게 넘겼습니다. 즉, 원장이 본인 전화 주무르듯 제 휴대 전화를 원격제어하고 있었던 것입니다. 그러니 다이어트약 광고도 원장이, IP주소를 바꿔 가며 이 카페 저 카페 돌아다니며 했단 말이 되겠습니다. 그가 평소에 입버릇처럼 하던 말이 있었습니다. "IP주소 추적은 저 따라갈 사람 없어요. 저는 이 분야에서 국내 일인자예요. 감수위원님도 IP주소 추적 의뢰하실 거면 저에게 의뢰하세요. 제가 어디든 추적해 드리겠습니다."

이렇듯 항상 주소 우회에 대해 으스대던 그였습니다. 1편에서 잠깐 다뤘던 불법 후원 신청도 의정부시, 대구광역시, 부산광역시 등등 IP주소는 너무도 광범위했습니다. 이 역시 원장은 미리 알고 있었지요. 물론 그는 피해를 당한 것처럼 항상 피해자 흉내를 냈습니다.

"감수위원님, 저도 오늘 경찰서에 가서 네 시간 넘게 고강도 조사 받았어요. 제 명의로 김중호가 다이어트약 광고를 한 것 같아요."

충격에 빠지신 어머니는 우황청심원을 드셨습니다. 멀리 일 가셨던 아버지는 경찰이 왔다는 소식을 듣고는 다시 집에 돌아오시게 됩니다.

"당신들 경찰 아니지요? 아니 내 딸도 피해자예요. 김중호인가 뭔가가 내 딸 이름으로 약을 팔아서 전국 팔도 경찰서는 다 돌아다녔어요. 피해자한테 체포영장이라니 말이나 되는 소리예요?"

순간 아버지는 경찰이 가지고 있던 수갑을 손으로 툭 쳐 떨어뜨렸습니다. 아버지와 경찰의 실랑이는 두 시간이 넘게 이어졌습니다. 급기야 서로 언성을 높이는 상황에까지 이르렀습니다.

경찰이 아버지께 말하길, "이거 공무집행방해예요. 잘잘못은 법원에 가셔서 재판하면서 따지세요. 제가 알고 있는 따님에 대한 사실 다 불어버릴게요. 따님 데리고 경찰서에 가야 하니까 아버지는 자차 타고 따라 오시든 알아서 하세요."

하곤 아버지를 살짝 밀쳤습니다. 어머니도 수사관을 따라 경찰서에 가려고 했습니다. 하지만 너무 큰 충격으로 그 자리에서 혼절해서 가시지 못했습니다.

그날 어머니와 한 대화가 아직도 기억 속에 생생합니다.

6.

함정 속에서도
한결같은 어머니

"내 딸 사랑한다. 엄마는 내 딸이 죄를 안 지었다고 믿어."

"내 딸 사랑한다. 엄마는 내 딸이 죄를 안 지었다고 믿어." 그 순간까지도 저의 결백을 믿어 주는 어머니가 계셨습니다. 어머니가 계시지 않았더라면, 저는 무너졌을지도 모릅니다. 그 상황에서도 어머니는 저를 꼭 껴안아 주셨습니다. 집에 찾아온 수사관의 차를 타고 ㅇㅇ 경찰청 조사실로 갔습니다. 그때 안개비가 보슬보슬 내렸고, 수사관은 잠시 휴게소에 들러 풀빵을 샀습니다. 저는 가는 길에 어머니와 통화를 하며 제가 왜 경찰청에 가야 하는지 영문도 모른 채 체포되어 가는 길이었던 겁니다. 한동안 멍한 기분이었습니다. 하늘도 제 마음을 아는 것일까요? 보슬보슬 내리던 빗줄기는 앞이 보이지 않을 듯 주룩주룩 내렸습니다. 그 비는 마치 저희 부모님 마음속에서 내리는 장대비와 같았습니다. 경찰청에 도착해서도 저는 뭐가 뭔지 몰랐습니다. 수사관은 "네 아이디로 작성된 글이고, 네 전화번호로 일어난 일이니, 시인해."라는 식으로 강압적으로 말하였습니다. 수사관은 다음과 같은 말을 이어갑니다.

"네 오빠 아이디 네가 사용했지? 네 휴대 전화에 사용한 흔적이 있으니, 이것도 시인해라."

너무 정신이 없었던 '저는 빨리 이 상황에서 벗어나자, 시인하면 집에 보내 주겠지.'라는 마음뿐이었습니다. 한시라도 빨리 집에 가고 싶었던 저는 수사관의 질문에 시인했습니다.

수사관의 질문은 이러했습니다. "네이버 모 카페에 명동 ○○ 의원 다이어트약을 광고했는데 본인 명의 ID로 글이 작성되었습니다. 본인이 하신 거죠?"라고 물었습니다. 사실관계를 설명하기엔 너무 길고, 그때의 정신으로는 설명할 여력이 없었습니다. 그래서 수사관의 물음에 그냥 "네."라고 대답했던 것입니다. 원장의 존재에 대해 말할 힘도 없었고, 그걸 말할 상황도 아니었습니다. 어느덧 조사는 끝났습니다. 조사가 끝나니 밖은 어둑어둑해졌고 시간은 저녁 일곱 시가 훌쩍 넘었습니다. 아버지께선 자차를 타고 경찰청에 오신다고 했습니다. 저는 한시라도 빨리 아버지를 만나고 싶었습니다. 그때까지만 해도 하룻밤만 경찰서 유치장에서 자면 내일은 집에 갈 수 있다는 믿음이 있었습니다. 사실 조사 시간은 길지 않았습니다. 대략 30분이나 되었을까요? 조사가 끝나고 제 휴대 전화는 수사관에게 강제적으로 압수당했고 제 전화를 볼 수 없었습니다. 간혹 아버지와 통화할 때만 수사관의 허락하에, 지켜보는 데서 휴대 전화 사용을 할 수 있었던 것입니다. 오후 여덟 시가 되었을까요? 아버지께서 경찰청에 도착하셨습니다. 집에서 차로 세 시간 거리입니다. 짧은 시간이라도 저를 만나기 위해 먼 거리 운전해서 달려오신 겁니다. 아버지는 근처 빵집에서 샌드위치와 음료수를 사 오셨고, 저는 이를 먹지 못했습니다. 그때만 해도 몰랐습니다. 그 음식이 당분간은 사회에서 먹는 마지막 음식이었단 것을요. 저는 수사관을 통해 잠깐 아버지 얼굴을 볼 수 있었고 이 말을 남기셨습니다. "아빠는 내 딸이 억울하다는 거 믿어. 아빠가 많이 노력할게."

아버지의 "믿는다."라는 말이 심신이 모두 지쳐 있던 저에게 많은 위안이 되었고 힘이 되었습니다. 아버지는 저를 면회하러 자차를 타고 경찰청 유치장까지 가셨습니다. 단 10분도 안 되는 시간, 제 얼굴 보려고, 먼 길 오신 겁니다. 저는 음료수를 마시고 경찰차를 타고 유치장에 도착했습니다. 유치장 안엔 여러 명의 사람이 있었습니다.

어머니 접견하고 울고 들어오는 사람도 있었습니다. 유치장은 오후 아홉 시까지 면회가 된답니다. 여덟 시 반이 좀 넘었을까요? 유치장을 지키고 있던 수사관이 제 이름을 부릅니다. "심성은 씨, 면회 있습니다. 잠깐 나오세요." 아버지가 도착한 것입니다. 저는 차마 아버지의 얼굴을 볼 수 없었고 눈물이 앞을 가렸습니다. 아버지의 첫 마디는 이러했습니다.

"모두 원장 그놈이 한 짓이지? 네가 한 짓이 아니지? 아빠도 열심히 노력할게. 너도 똑똑하게 잘 대처해라." 제겐 이렇게 저를 믿어 주시는 부모님이 계시니 한편으로는 너무 든든했습니다. 아버지의 말이 저를 힘이 나게 했습니다. 하지만 오랜 직장 상사인 원장에게 속은 것도 화가 났습니다. 엎친 데 덮친 격으로 법적인 문제까지 직면하게 되니 더욱더 울화가 치밀어 올랐습니다. 하지만 여기는 경찰서 유치장, 참을 수밖에 없었습니다.

"저 내일 집에 갈 수 있나요?" 밤 12시가 넘는 시간, 당직을 서고 있던 수사관에게 이렇게 물어봤습니다. 수사관은 확실한 답을 주지 않았습니다. 다른 유치자들은 잘만 자는데 저는 잠 못 드는 밤을 보내야만 했습니다. 그날 밤은 왜 이리 길었던 것일까요. 태어나서 처음으로 보내 보는 길고도 긴 밤이었습니다. 드디어 다음 날 아침이 밝았습니다. 저에겐 오늘은 집에 갈 수 있겠다는 희망이 있었습니다. 아침이 밝자마자 수사관에게 다시 물어봤습니다.

"저 오늘은 집에 갈 수 있는 거죠? 집에 가고 싶어요."

"오늘 관할 검찰청에서 데리러 올 겁니다. 유치물은 심성은 씨가 아닌 관할 검찰청 직원께 드려요."

2장

지옥에서의 생활이 시작되다

7.

지옥에서의 하루하루

"엄마. 나야. 나 오늘 구치소로 간대.
올해 안으로는 나갈 수 있겠지? 나 너무 무서워."

 맞습니다. 지옥 생활은 끝이 아닌 이제 시작입니다. 저는 어떻게든 혐의를 벗고 나와야겠다는 생각만 머릿속에 가득했습니다. 오전 9시가 조금 안 된 시간, 관할 검찰청에서 직원 두 명이 저를 데리러 나왔습니다. 검찰청 직원 말로는 원래 수갑을 채워야 하는데, 배려 차원에서 수갑은 채우지 않는다고 했습니다. 그 덕분에 저는 가족들과 통화도 하고, 대화도 하며 인근 동네에 있는 구치소로 가게 되었습니다. 구치소에 가는 시간까지 약 세 시간의 여유는 생겼습니다. 휴대 전화를 받자마자 어머니께 전화를 드렸습니다. 단 하루 못 봤을 뿐인데 저는 어머니의 목소리가 너무도 사무치게 그리웠습니다. "엄마, 나야. 나 오늘 구치소로 간대. 올해 안으로는 나갈 수 있겠지? 나 너무 무서워."

"무섭긴 뭐가 무서워. 내 딸은 죄가 없으니 나올 수 있어. 엄마가 꼭 내 딸의 억울함을 풀어줄게. 다 그 원장이 한 짓이잖아. 원장 그놈을 잡아야 해."

공교롭게도 그날은 어버이날이었습니다. 그리고 원장에게 받은 급여를 어버이날 선물로 부모님께 다 드리기로 약속한 날이기도 했습니다. 하늘은 참 맑고 날씨는 시원한 날이었습니다. 그런 어버이날, 구치소행이라니 불효도 이런 불효가 없습니다. 당시에 제가 하던 일은 비밀스러운 일이었고 은밀한 일이었습니다. 그래서 원장은 제게 이런 제안을 하게 됩니다.

"급여는 감수위원님이 관리하는 것보다는 제가 관리하는 게 더 좋을 것 같습니다. 감수위원님이 이 일을 하신다는 게 밖으로 새어 나가면 안 되니 보안을 위해 당분간 급여는 제가 관리하겠습니다." 그렇게 해서 급여는 원장이 관리했기에 제가 찾을 길이 없었습니다. 하지만 날이 날인 지라 부모님께 효도 한번 해 보고 싶었던 것입니다. 모든 게 거짓인 원장, 그의 말이 사실일 리 없기에 그 돈이 제 통장에 있을 리 없지만 마음만은 그러했습니다. 시간은 흘러 흘러 세 시간이 지났고 어느덧 구치소에 도착했습니다. 제 몸은 바짝 경직되었고, 이마에서는 식은땀이 삐질 흘렀습니다. 저는 차에서 내렸습니다. 거기엔 교도관 한 명이 구치소 정문에서 기다리고 있었습니다. "오늘 새로운 입소자 있어요. 서류 여기에 있어요. 이 근처 부대찌개 맛집이 어디 있나요?"

"이 근처는 잘 모르겠고 시장 쪽에 있어요. 아니면 외곽으로 나가시거나요." 이 대화를 옆에서 듣고 있던 제 자신이 어찌나 초라해지던지요.

이는 검찰청 직원과 교도관의 대화이며 아직도 기억에 생생합니다. 그 시간 이후 저는 본격적인 입소 절차를 밟게 되고 관복으로 갈아입게 됩니다. 키, 몸무게를 잰 후 저는 신입 거실로 안내를 받게 되고 입소 절차를 밟습니다. 당장 마실 식수 한 병, 요, 이불, 베개를 들고 신입 거실에 입실하게 됩니다. 거실에는 저 말고도 두 사람이 더 있었습니다. 먹을 거라고는 아까 입실하면서 받은 식수 한 병이 전부였습니다.

8.

교도관의 말은
무조건 옳다

"약 다 드셨나요? 아 해 보세요."
"네. 다 먹었어요. 약 삼키고요. 아."
"네. 확인 되었습니다."

    이곳에서는 생수 한 병도 자비로 구매해야 합니다. 여기에서 제공하는 물은 수돗물을 끓여 식수로 제공됩니다. 5월 8일 구치소에 수용된 첫날, 약 시간이 돌아왔습니다. 어머니께서 벌써 왔다 가신 걸까요? 주임님이 약 먹을 시간이라고 저를 부릅니다. 안정제 두 알을 삼키고 주임님께 입 안 검사를 받습니다.
    "약 다 드셨나요? 아 해 보세요."
    "네. 다 먹었어요. 약 삼키고요. 아."

"네. 확인되었습니다."

이곳에서는 약을 삼키는 것 하나하나 다 확인합니다. 이유는 약을 한 번에 모았다가 안 좋은 용도로 한꺼번에 투약하는 경우가 있다고 합니다. 그래서 만약에 발생할 사고를 대비해 그런 것 같습니다. 입소 첫날, 부모님 생각과 이런저런 생각에 잠 못 이루는 밤을 보내게 됩니다. 여기 생활 중에 제일 특별한 한 가지를 먼저 말씀드리겠습니다. 이곳에서는 이름 대신 수용 번호로 불리고, 수용 번호는 곧 여기에서의 제 이름입니다. 다음 날 아침 주임님이 제 방 앞에 서더니 이렇게 말합니다. "3645번, 접견 있어요. 옷 똑바로 입고 나오세요." "네."

생활복을 입고 있다가 어머니를 만나러 접견을 가기 위해 관복으로 갈아입습니다. 단추도 하나하나 다 잠가야 하고, 바지도 단정하게 입어야 합니다. 그게 아니라면 바로 주임님께 혼나고 지적받으니 최대한 옷은 단정하게 입어야 했습니다. 5월 9일, 어머니께서 첫 접견을 오셨습니다. 어머니의 첫 마디가 아직도 생생하고 그 말은 이러합니다.

"딸이 약 판 거 아니지? 원장 그놈이 네 정보를 가지고 가서 여기저기 벌인 일이지? 엄마는 내 딸 믿어."

"그 사람 짓이에요. 그 사람 어떻게든 잡아야 해요."

그날 펑펑 우시던 어머니의 모습이 머릿속에서 잊히지 않습니다. 그러고는 어머니께서 이곳 매점에서 구매한 과자류를 사식으로 넣어 주십니다. "엄마가 과자 많이 넣었으니까 방 사람들이랑 나눠 먹어." "네 그럴게요." 이곳에서 어머니를 처음 본 날 눈물이 앞을 가려 아까운 시간을 그냥 허비했습니다. 어머니의 바람대로, 그날은 방 사람들과 과자를 나눠 먹었습니다. 그 과자는 그날의 점심이요, 저녁 식사가 되었지요. 또한 이곳엔 반찬통과 밥통 네 개가 있습니다. 이 통은 이 방을 거쳐 간 모든 사람이 사용한 통이고 설거지도 되어 있지 않았습니다. 통은 매우 지저분했고, 참기름으로 닦아야만 간신히 사용할 수 있는 그런 수준이었습니다. 그래도 식사를 안 받다가 주임님께 걸리면 난리 났습니다. 그래서 먹지 않더라도 식사는 꼭 받아야 했습니다. 국에는 하루살이가 동동 떠다니고 밥은 묵은쌀로 지은 밥이었습니다. 저는 차마 그 음식들을 먹지 못했습니다. 이곳에 목욕 시설이 따로 있을까요?

  생수병을 모아 물을 미리 가득 담아두었다가 서너 병이 모이면 그걸 목욕물로 사용합니다. 목욕을 할 수 있는 화장실은 0.2평 정도 됩니다. 이곳에는 특별한 사실이 또 하나 있습니다. 바로 잠을 잘 때 불을 꺼주지 않는다는 사실이었습니다. 그 이유는 잘은 모르겠으나, 혹시 있을 도주 사고 우려 때문인 것 같았습니다. 그래서 저는 의료과 순회 진료 때마다 신경과 약을 처방 받았고 하루에 세 차례씩 그것을 복용했습니다. 그래야 비로소 정상적인 생활을 할 수 있었고, 밤에 잠을 이룰 수 있었던 겁니다. 아직 5월, 진달래꽃이 활짝 만개한 봄인데 이곳에서는 그것들을 볼 수가 없습니다. 저를 이렇게 만든 원장이 너무도 원망스러웠습니다. 또,

왜 이 지옥에까지 몰아넣었는지 이해할 수 없었습니다.

"너 꼭 교도소에 보내고 말 거야." 원장의 문자가 머릿속에 생생한 하루였습니다.

9.

악마의 덫에 걸린 천사

'원장 그는 왜 제 이름으로 약을 판매하고 그걸 저에게 덮어씌웠을까요?'

'원장 그는 왜 제 이름으로 약을 판매하고 그걸 저에게 덮어씌웠을까요?' 한창 법원에서 등기가 올 때, 직접 알아보고 싶다고 이야기하면 온갖 핑계를 대며 그걸 막던 원장입니다. 그가 직접 알아보는 것을 막지만 않았더라면 이런 비극은 일어나지 않았습니다. 중간에라도 진짜 법원 서류가 맞다고 사실대로 이야기 해 줬더라면, 최소 재판에 대해 준비는 할 수 있었죠. 따라서 적어도 이곳까지는 오지 않을 수 있었습니다. 원장은 저를 이곳에 보내기 위해 계획적으로 사전에 철저히 준비했던 것입니다. 그래서 "부모님 모르는 곳에 가서 받아라. 우체국에 가서 직접 찾아라."

하면서 저를 농락했습니다.

 그래서 저는 예정 되어 있는 공판 기일에 본의 아니게 두 번이나 불출석하게 됩니다. 이에 따라 법원에서 괘씸죄로 구속영장이 발부되었습니다. 원장은 이걸 노렸던 것이고, 덫을 놓고 있었던 것입니다. 본론으로 돌아가 어머니께서는 하루도 빠지지 않고 접견을 오셨습니다.

 저와 어머니의 대화는 어떻게든 원장을 법의 심판을 받게 할 수 있을지 그 이야기가 주를 이루었습니다. 아무리 대화를 나눠도 그에 대한 답은 찾지 못했습니다. 그러나 그를 찾고 싶었고 당장이라도 법의 심판을 받게 하고 싶었습니다.

 이곳에서는 하루에 30분 운동 시간이 있습니다. 이곳에서 바깥세상을 볼 수 있는 유일한 시간이었습니다. 운동장에는 나무들도 있었고, 활짝 만개한 꽃들도 있었습니다. 이 역시도 비가 오면 무산됩니다. 비가 오는 날엔 하루 종일 방안에만 있어야 합니다. 그 때문에 비가 오거나 날씨가 궂은 날은 이곳에서는 더욱 지옥이었던 겁니다. 이곳에서 방에서 잠깐이라도 나갈 수 있는 시간이 이 운동 시간과 접견 시간, 즉 길어야 하루에 40분이 전부입니다. 지금까지도 접견 와서 했던 어머니의 말이 기억에 생생합니다.

"엄마는 항상 딸과 함께 있어. 엄마가 보고 싶을 땐 딸과 함께 찍은 사진을 꺼내서 봐."

그리고 그다음 날 주임님을 통해 어머니와 찍은 사진을 받을 수 있었습니다. 여기에서는 사진이나 편지를 넣으면 그다음 날이나 받을 수 있었습니다. 그것도 오후 네 시가 지나서나 가능한 일이었습니다. 저는 화가 나고 힘든 순간에는 항상 어머니와 찍은 사진을 보곤 했습니다. 사진 속 어머니는 아주 환한 미소를 지은 채 웃고 계셨습니다. 지금보다 훨씬 건강하셨으니까요. 이곳 생활에서의 유일한 낙은 어머니와의 접견 시간이었습니다. 그 이유는 가족들의 안부를 그 시간에만 들을 수 있었습니다. 어머니와 접견 시간이 유일한 희망이요, 제겐 단비와도 같은 시간이었습니다. 여기에서의 하루는 집에서의 일 년과 같습니다. 드디어 하루가 지나 어머니와 접견 시간이 다가왔습니다. 칸막이 밖 어머니는 저를 보자마자 이렇게 말씀하셨습니다.

"딸아, 밥은 먹었니? 다 위생적인 환경에서 만드는 밥이니까 맛있게 먹어. 여기 교도관님들도 다 이 밥 먹는다."
"네 엄마. 엄마도 식사는 하셨어요?"
그 먼 길 걸어오시면서도, 어머니는 항상 못난 딸 걱정뿐이었습니다. 그동안 어머니의 얼굴은 많이 야위고 늙으셨습니다. 저는 어머니 앞에서 차마 눈물을 보이지 못했고 방으로 돌아가 펑펑 울었습니다. 긴 세월 원장에게 농락당하며 살아온 제 자신이 너무 한심스러워서요. 무엇보다도 어머니를 만질 수 없다는 사실이 참으로 참담하기 그지없었습니다.

그러던 어느 날 때는 6월 6일 밤입니다. 그날은 어머니와 접견할 수 없는 공휴일이었고, 그렇기에 저의 신경은 바짝 집으로 가 있었습니다. 그날 이곳에서 작은 사건 하나가 생기게 됩니다.

10.

**인생의 나락
그 끝은 어디에**

"당장 안 나오세요? 1초 내로 나오세요."

그날 밤, 저는 다른 방으로 전방 가게 됩니다. 혼자 지낼 수 있는 독방으로 가게 되었고, 다른 사람들과 섞이지 않는다는 점은 좋았습니다. 그러나 이곳에서 생활이 제겐 더욱 지옥과도 같았습니다. 혼거실에는 식사한 후에 싱크대에서 설거지하면 됩니다. 그러나 독방은 화장실에서 해야만 했습니다. 약 0.8평 남짓한 조그만 방에서 생활해야만 했습니다.

무더운 여름이 오자 선풍기가 고장 났습니다. 얼마 안 가 선풍기는 고칠 수 있었습니다. 그렇지만 그 더운 여름을 땀을 뻘뻘 흘리며 덥게 지내야만 했습니다. 독방에서 생활하면서 원장에 대한 분노는 극에 치닫게 되었습니다. 급기야 너무 화가 나고 억울한 나머지 방문을 발로 걷어찼습니다. 이를 들은 주임님이 말씀하셨습니다.

"대화할 줄 몰라요? 왜 문을 차요? 대화로 해요."

이곳에서는 주임님 말이 곧 법입니다. 주임님의 말을 어길 시에는 벌점이 부과되고 이렇게 되면 재판에 악영향을 끼치게 됩니다. 나빠지는 건 여기서 끝이 아닙니다. 여기에서의 처우도 더 나빠져서 화장실도 없는 징벌방에서 혼자 생활하게 됩니다. 이곳에서도 원장의 존재를 알기에 배려 차원에서 독방을 줬다고 합니다. 그렇지만 외롭고, 괴롭고, 밤이 되면 무서움 그 자체였습니다. 밤마다 누군가 따라와서 저를 괴롭히는 등등의 악몽에 시달려야만 했습니다. 독방이 아니더라도 이곳은 새장과도 같은 곳이고, 지옥과도 같은 곳입니다. 이런 곳에 혼자 고립되니 금방이라도 숨이 끊어질 듯한 기분도 자주 들었습니다. 집에 있다면 화기애애하게 부모님과 대화할 시간입니다. 이곳에서는 대화할 사람도 없고 혼자 있으니 앓고 있던 우울증은 더 심해져만 갔습니다. 대화할 사람은 오직 주임님들뿐이었습니다. 하루의 대화는 다음과 같습니다.

"3645번, 약 먹을 시간이에요." "운동 나오세요." "취침 준비하세요."

거의 이 세 마디가 대화의 전부였습니다. 그렇게 하루하루 정말 지옥과도 같은 하루를 보냈습니다. 혼자 독방에 앉아 진부하게 앉아 있는 것 그게 하루의 일과였고 전부였습니다. 이 책을 쓰고 있는 지금, 이 순간에도 밥상 하나 없는 어두컴컴한 독방에 앉아 아픈 허리로 쪼그리고 글을 쓰고 있습니다. 통증은 점점 심해져만 갑니다. 시간이 가면 갈수록 조여 오듯 하는 허리 통증은 심해져만 갔습니다. 같은 시각 주임님은 교도 순찰하러 복도에 돌아다닙니다. 여기에서 일어나는 일을 쓰는 것이기 때문에 저는 자연스럽게 주임님의 눈치가 보입니다. 가끔 이렇게 물어보는 주임님도 있었습니다.

"3645번, 거기에 뭐 쓰는 거예요?"

"저 그냥 부모님께 보낼 편지 쓰는 거예요." 하고 대답하면, 주임님은 모른 체 그냥 넘어가곤 했습니다. 여기에서의 늦은 밤은 오후 8시입니다. 늦은 밤까지 계속 노트에 끄적끄적 글을 쓰곤 했습니다. 여기에서의 취침 시간엔 잠이 오지 않아도 자는 척이라도 해야 합니다. 그 이유는, 취침 시간에도 주임님들이 교도 순찰하러 다니기 때문입니다. 또, 어머니를 만나려 접견할 때나 운동을 나갈 때 몸 검사라는 걸 반드시 합니다. 혹시 방에서 쪽지라도 갖고 나오진 않았는지, 다른 방 사람들과 통방이라도 하는지 확인하기 위해 하는 것이랍니다.

"몸을 검사하고 가겠습니다." 하면 그 자리에 멈춰 서서 주임님의 지시에 응해야 합니다. 예를 들면, 호주머니를 뒤집어서 주임님께 보여 드린다거나 몸을 만지는 걸 허락해야 합니다. 또한 여기에는 한 달에 두 번 또는 주에 한 번 주기가 정해져 있진 않지만, 수용실 검사란 제도가 있습니다

다. 이는 식사하고 남은 잔반을 모으지는 않았는지, 신경과 약을 모으진 않았는지 확인하기 위해 빠지지 않고 꼭 합니다. 수용실 검사를 할 때는 방 근처에도 가지 못하고 다른 방 근처에서 벽을 보고 서 있어야 합니다.

"3645번, 수용실 검사 있습니다. 지금 하시던 거 정지하고 밖으로 나오세요."하고 주임님이 말씀하시면 지금 하던 행동은 자동으로 정지 상태가 되고, 3초 내로 밖에 나가지 않으면 주임님의 불호령이 떨어집니다.
"당장 나오라고 하지 않았나요? 귀 안 들리세요? 당장 나오세요."
이땐 나가는 것도 혼자 나가는 게 아니라 주임님의 손에 이끌려 나가게 됩니다.
이때도 안 나가면 주임님이 방문을 발로 찹니다. "당장 안 나오세요? 1초 내로 나오세요."

11.

지옥에는
인권이 없습니다

밤 9시가 넘어가면 TV 시청도 되지 않습니다.
9시가 넘었는데 TV가 켜져 있다, 그러면 그날은
수용동 전체가 한바탕 난리가 나는 날입니다.

여기 생활에는 기본적인 인권도 보장되지 않습니다. 수용자들은 모두 주임님의 지시와 감독하에 관리되는 셈입니다. 밤 9시가 넘어가면 TV 시청도 되지 않습니다. 9시가 넘었는데 TV가 켜져 있다, 그러면 그날은 수용동 전체가 한바탕 난리가 나는 날입니다. 이곳에 있다 보면 혼거실 사람들끼리 싸우는 소리를 심심찮게 들을 수 있습니다. 여기에 오는 사람들은 재판받으러 오는 사람들입니다. 그렇기에 작은 일에도 예민하게 반응하고 신경 자체가 민감합니다. 싸움의 이유는 설거지를 네가 하네, 내가 하네 이런 작은 일로도 쉽게 싸움이 일어납니다. 이곳은 지옥이고 하루라도 편안할 날이 없는 그런 곳입니다.

이곳에서 쓰는 돈을 뭐라고 부르는지 아시나요? 바로 영치금이라고 부릅니다. 원장에게 조롱당한 억울한 제 사정을 누구보다도 잘 아는 어머니는 저에게 가끔 영치금을 넣어 주셨습니다.

"딸아, 뭐라도 먹어야지. 엄마가 돈 조금 넣을 테니까 이 돈으로 파이도 사 먹고 싶은 거 다 사 먹어." 사실 저는 이곳에서 나오는 식사를 잘하지 못 해 파이나 라면류를 주식으로 먹곤 했습니다. 어머니께서, 혼자 심심한데 먹을 거라도 많이 먹으라고 하셨지만요. 어느덧 7월의 땡볕 더위가 시작되었습니다.

해가 저 높이 떠 있다.
날 죽일 듯이 달려드는 저 빛은
내 몸을 한층 더 달아오르게 했다.

그래도 버텨 내 보자.
내가 녹아버릴지라도 버텨야 한다.
모든 빛을 끌어안으며 나는 더욱 뜨거워졌다.

분신의 고통을 버텨 내며, 나는 또 자란다.

아무리 강한 더위라도 굴하지 않겠다.

달아오르는 온도만큼이나 내 열정도 덩달아 뜨거워졌다.

나를 집어삼키는 것이 더위인지 열정인지도 모른 채

나는 뜨거워졌다.

더위를 피하기보다

더 위로 가기 위하여.

찜통더위 속에도 어머니는 못난 저를 만나러 매일 먼 거리 걸어 접견을 오셨습니다. 어머니의 이마엔 항상 송골송골 땀방울이 맺혀 있었습니다. 한여름 태양보다도 뜨거운 어머니의 사랑입니다. 영치금이 있다고 해서 매일 식품 구매를 할 수 있는 게 아니고, 이는 월요일과 금요일에만 가능합니다. 더욱 놀라운 건 생수 같은 경우는 일 3개로 제한되어 있습니다. 예를 들어 월요일에 생수를 구매하면 수요일에나 받을 수 있는 것입니다. 그 전에 물이 떨어지면 수돗물을 마셔야 합니다. 이곳에서는 뭐가 부족하다고 주임님께 이야기하면 '준비성이 부족해서 미리 챙기지 못했다.' 하고 수용자에게 책임을 전가합니다.

"주임님, 제가 이번에 물을 많이 마셔서 식수가 좀 부족한데 한 병만 주실 수 있을까요?"

"식수 나오는 시간이 따로 있어요. 그 시간까지 기다리세요."

물 한 방울 없어도, 주임님이 식수를 챙겨주기 전까지는 오직 방 안에서만 해결해야 합니다. 식수도 주임님이 직접 주시는 게 아닙니다. 오후 4시에 수용동 청소부를 통해 전달되게 되고 다음과 같은 말을 합니다. "주임님이 앞으로는 식수 잘 챙기래요."라는 말을 남기곤 수용동 청소부는 유유히 사라집니다. 평소 물을 많이 마시는 저는 이곳 생활을 하는 동안 생수가 부족해서 아주 힘들었고 애먹었던 적이 참 많았습니다. 빵을 먹고 물을 못 마시는 그 목이 타오르는 기분을 독자 여러분은 아시나요? 저는 그 기분을 거의 매일 오후 네 시까지 느껴야만 했습니다. 또한, 여기서는 영치금이 있는 수용자들은 대놓고 면박을 주는 그런 곳입니다. 간혹 표시를 잘못해서 생필품이 누락되거나 하면, 영치금이 있는 수용자들에게 관용이란 없습니다. "3645번은 영치금도 많고 집에 어느 정도 여유도 있잖아요. 비누 못 드려요. 방에서 알아서 해결하세요." 창피한 이야기지만 저는 빨랫비누로 세수하고 목욕하고 그렇게 거의 한 달간을 버텼습니다. 제가 표시를 실수해서 누락이 된 거니 주임님께 뭐라고 할 거리도 되지 못했던 겁니다. 어머니께서 매일 접견을 오시고, 먹을 것도 듬뿍 넣어 주는 저는 이곳 주임님들 사이에서도 영치금 많은 수용자로 통했습니다. 아시다시피 우리 집은 여유 있는 편이 아닙니다.

단지 원장에게 조롱당해 수용 생활까지 하는 못난 딸 걱정해서 어머니께서 그래도 두둑하게 영치금을 넣어 줬던 것이지요. 주임님의 말이 곧 법인 이곳에서는 그의 말에 말대답한다는 건 꿈과도 같은 일이었습니다. "2073년까지 괴롭힐게." 원장의 마지막 말입니다. 저를 이곳에 넣은 것도 괴롭힘 중에 하나겠지요. 하루에도 몇 번씩이나 밥을 먹을 때도 씻을 때도 취침 자리에 들 때도 이 말이 귓가에 메아리처럼 맴맴 돌곤 합니다. 저 말은 무엇을 의미하는 말일까요? 여기에서의 생활에는 특별한 게 하나가 더 있습니다. 바로 하루에 세 번 '점검'이라는 걸 합니다. 아침 6시 40분에 한 번, 8시에 한 번 오후에 한 번 이렇게 세 번입니다. 점검 시간 약 5분 전 수용동 청소부는 방마다 돌아다니며 이렇게 말합니다. "점검 준비하세요. 점검 시간 5분 전입니다."

점검 시간에는 관복으로 옷을 갈아입어야 하며, 매우 단정하게 입어야 합니다. 또한 방 안에 빨래 널어놓은 것도 보이면 안 되고 식기류도 보이면 안 됩니다. 점검 시간에 이렇게 하면 바로 '징벌방' 행이기 때문입니다. 점검 시간에는 움직일 수도 없고 양반다리를 한 채 똑바로 앉아 있어야 합니다. 주임님이 방 앞에 와서 확인하기 전까지는, 움직여서도 안 됩니다. "11방." "번호 하나 번호 끝." 이곳 생활 중 놀라운 사실 또 하나 말씀드리겠습니다.

여기에서는 손톱, 발톱 깎는 날도 정해져 있습니다. 이유는 손톱깎이가 날카롭게 생겨서 만일에 발생할 사고 때문에 미리 방지하기 위해 이렇게 하는 것이겠습니다. 그것도 독방 수용자들은 수용동 청소부가 보는 앞에서 손발톱을 깎아야 합니다. 또한 제한 시간은 5분입니다. 만약 화장실에서 샤워하느라 손톱깎이 받는 시간을 놓쳤다면, 내주 목요일까지 기다려야 합니다. 또 이곳은 아프다고 해서 바로바로 진료를 볼 수 있는 게 아닙니다. 아프면 어디가 어떤지 구체적으로 글로 써서 보고전으로 주임님께 보고해야 합니다. 진료도 매주 화요일마다 볼 수 있습니다. 아무리 죽을 듯이 아파도 매주 화요일까진 참고 기다리는 게 여기의 생활 방침이고 규칙입니다. 예를 들어 감기에 심하게 걸렸다면, 주임님께 비상약을 달라고 요청해야 합니다.

그러면 주임님께서 타이레놀 하나를 주십니다. 이 약 하나로 하루를 버텨야 하는 셈입니다.

어느 날은 매우 아파서, 주임님께 아프다고 약 좀 더 달라고 하면 돌아오는 대답은 이렇습니다.

"저한테 이야기하지 말고 화요일에 진료하러 가서 직접 이야기하세요."라고 말합니다. 이 말 한마디에 아픈 것도 숨기고 며칠을 버텨야 하는 것입니다. 사람이 쓰러져도 잠깐만 기다리라고 말하는 것이 이곳의 주임님이기도 합니다. 또한 이곳 생활 방침이 그렇기도 합니다. 잘 때 시름시름 앓거나 사람이 쓰러진다고 해도, "다른 사람들 자니까 어서 주무세요."라고 말하는 게 이곳입니다.

12.

사람의 지옥
그곳에서 일어난 일

그 시간 동안 어머니는 한 번도 빠지지 않고 접견을 오셨습니다.
어느 날 접견을 오신 어머니 표정이 무척이나 어둡습니다.

드디어 7월 말, 장마가 시작되었습니다. 올해 장마는 유독 길고, 폭우도 자주 내렸습니다.

어머니께서 뒤늦게 이야기하신 사실이지만 저를 접견하러 오는 길에 빗물이 가슴까지 차올라 빗물에 휩쓸려 떠내려갈 뻔한 적도 있었답니다. 그런 날에도 저는 어머니를 볼 수 있었습니다. 어머니께 미안하고 죄송한 마음뿐이었지만요. 그럴 땐, 원장을 알게 된 저 자신이 참 한심스럽게 느껴질 뿐이었습니다. 장마철에 이곳 생활은 더욱더 지옥입니다. 그런 날엔 운동 시간이 없어서 하루 종일 방 안에만 있어야 합니다. 어머니를 접견하러 가는 12분, 그 시간이 하루 외출의 전부였습니다. 비가 오는 날, 마치 꿈과도 같은 접견 시간은 왜 이리 빨리도 지나가는 것일까요? 그런 날이면 저는 방 안에서 혼자 '너 꼭 교도소에 보내고 말 거다. 넌 차가운 교도소에서 영원히 못 나와.'라고 여러 차례 말한 원장의 말이 생각납니다.

그는 왜 이렇게 무서운 계획을 세우고 있는 건지 궁금하기도 했습니다. 독자 여러분께 여쭈어보겠습니다. 원장, 그는 왜 이렇게 저와 우리 가족에게 무서운 계획을 세우고 있던 것일까요? 저는 그에게 원한 살 일도 하지 않았습니다. 또한 밤마다 수필 형식으로 길게 감사 문자를 보내는 등의 최선을 다했습니다. 사실, 그는 저에게 매일 글을 써 줄 것을 요구했습니다. "제가 머리 쓰는 일을 하느라 밤에 잠을 설치는 경우가 참 많은데 감수위원님의 글을 보면 잠이 잘 옵니다."라고 했습니다. 그래서 맨 처음에는 수필 형식으로 한 개씩 보내 줬습니다. 그런데 한 개 가지고는 그의 성에 차지 않았던 걸까요? 어느 날부터인가 두 개, 그다음엔 세 개를 요구하더라고요.

"감수위원님, 글을 참 예쁘게 잘 쓰시네요. 제가 불안할 때마다 감수위원님이 쓰신 글을 보고 마음을 달래곤 합니다. 죄송하지만 시간 나면 하루에 한두 개만 더 보내 주시면 안 될까요? 제가 내년 정도에 이거 차곡 차곡 모아 시집으로 엮어서 감수위원님께 선물로 드릴게요."

칭찬은 고래도 춤추게 한다고 저는 하루에 두 개씩 보내 주기 시작했습니다. 기분이 좀 좋거나 시간이 좀 많은 날에, 글이 좀 잘 나온다 싶은 날엔 세 개씩도 보내 주곤 했습니다.

그럴 때마다 원장은 늘 칭찬 일색이었습니다. 앓고 있던 불면증도 저의 글을 보고 고쳤다고 합니다. 제 글을 보면 마음이 편안해진다고 합니다. 그러니 평소 글 쓰는 것을 좋아했던 저로서는 이를 거절할 수 없었습니다.

지금에 와서 생각하니 그는 왜 저에게 글을 보내라고 했던 걸까 하고 강한 의심이 들지 않을 수 없습니다. 혹시 내가 쓴 글이 세상 어딘가에 떠돌고 있진 않을까? 혹시 원장이 내 글을 편집해서 펴내진 않았을까? 이런저런 생각들이 꼬리에 꼬리를 물었습니다. 저는 이곳에서 신경과 약을 먹고도 잠 못 이루는 날이 참 많았습니다. 6시 15분이 기상 시간인 이곳, 혹시 깜빡 잠에 들어 못 일어나는 날에는 주임님이 방 앞에 와서 방문을 발로 찹니다.

"3645번, 기상 시간 지났어요. 점검 시간이에요. 어서 일어나서 점검 준비하세요. 관복으로 갈아입으시고 어서 준비하세요."

잠도 덜 깬 채 점검 준비를 한 날이 참 많았던 것 같습니다. 여기에서는 법원에 가는 날이나, 검찰청에 조사받으러 가는 날을 '출정하러 간다.'라고 말합니다. 7월 마지막 날 드디어 첫 재판이 열렸습니다. 호송차를 타고 법원에 갑니다. 이곳에서 법원까지 가는 시간은 약 30분 정도 걸렸습니다. 이날은 잠깐이라도 바깥 공기를 쐴 수 있는 날이기도 했습니다. 이곳에서 법원까지 가는 시간 동안, 마치 제 마음처럼 굳게 닫힌 창문을 통해 바깥세상도 볼 수 있었습니다. 또한 바깥세상의 사람들도 만날 수 있었습니다. 바깥세상의 사람들은 서로 대화도 나누고, 오순도순 도란도란 행복해 보입니다. 그런데 출정이 있는 날엔 어머니와 접견을 늦게 해야 합니다. 예를 들어, 오전에 출정이 있으면 접견은 오후에 할 수 있고 오후에 출정이 있으면 오전에 할 수 있었지요. 저는 오전 재판이라 다행히도 오후에 어머니를 만날 수 있었습니다.

첫 재판 날 어머니께서 하신 말씀이 아직도 기억에 생생합니다.

"엄마가 원장에 대한 서류는 법원에 다 제출했다. 카카오톡 메시지부터 그놈이 보낸 협박 문자메시지, 온갖 가짜 서류들 다 냈다. 다 그놈이 한 일이니까 내 딸은 죄가 없어. 엄마가 목숨을 걸고서라도 내 딸 누명 벗겨줄게. 우리 딸이 약에 대해 얼마나 엄격한 사람인데, 엄마는 하늘이 무너져도 내 딸은 믿어."

이 말을 듣고 방안으로 돌아가 한참을 울었습니다.

실제로 그날 재판에서도 원장에 대한 서류를 심리하는 날이었습니다. 다시 한번, 법원에서 제가 알고 있던 원장은 가짜였다는 게 확인되는 날이기도 했습니다. 물론 가짜라는 건 알고 있었지만, 법원에서 증명되니 기분이 참 묘했습니다. 그가 2년간 했던 말은 모두 거짓말이었던 것입니다. 그는 시간을 끌기 위해 거짓말에 거짓말을 덮고 그렇게 저와 가족들을 구렁텅이에 몰아넣었던 것입니다. 아니 구렁텅이에 몰아넣기 위해 접근할 때부터 철저하게 계획을 세우고 있었던 겁니다. 법원에서 첫 재판을 받고 다시 호송차를 타고 구치소 안으로 돌아오게 됩니다. 먹지도 않는 점심을 수용동 청소부가 미리 제 방을 열고 들어와 미리 받아놨습니다.

"식사 다 하고 식판은 반납하세요. 주임님이 식사는 좀 하래요."

저는 이런저런 생각에 밥을 먹을 수 없었습니다. 이곳에서는 밥과 반찬을 부식물이라고 부릅니다. 그러면 이 음식들은 누가 만드는 것일까요? 수용 생활을 하는 남자 수용자들이 음식을 만듭니다. 이곳에 수용자들이 약 3,000명 정도 된다고 하니 한 번에 3,000인분을 만드는 셈입니다. 세상 모든 음식은 감사한 마음으로 먹어야 한다고 하지만 저는 그럴 수 없었습니다. 드디어 8월이 왔고 본격적인 늦더위가 시작되었습니다. 한낮 기온이 38도에 육박하는 1950년대 이후 사상 최고의 더위가 시작된 것이지요. 기온이 너무 높은 날에는 혹시 쓰러지기라도 할까 봐 이곳에서 얼음물 하나씩 나눠줍니다. 이곳에서 생활도 어느덧 3개월이 지났습니다. 그 시간 동안 어머니는 한 번도 빠지지 않고 접견을 오셨습니다.

어느 날 접견을 오신 어머니 표정이 무척이나 어둡습니다. 그러곤 이렇게 말씀하십니다.

13.

기나긴 재판 과정
그리고 추석

"딸아, 원장이 준 비밀 유지 서약서도 법원에 증거 자료로 제출했다."

"딸아, 원장이 준 비밀 유지 서약서도 법원에 증거 자료로 제출했다."

그렇습니다. 저는 보안이 유지되는 일을 한 걸로 알고 있었기에 비밀 유지 서약서도 원장에게 받았습니다. 역시나 가짜였지만요. 이 서약서를 빌미로 원장은 제게 아이디를 요구했습니다. 또한 급여 관리를 본인이 한다고 했던 것입니다. 또 그걸 악용해서 제 아이디로 이곳저곳에 약을 팔고 욕설을 서슴지 않고 퍼부었던 것이지요…. 그렇게 늦더위가 기승을 부리던 8월이 속절없이 흘러갑니다. 새장에서의 생활, 지옥에서의 생활도 이제 거의 끝나간다고 믿고 싶었습니다. 단 하루도 원장을 원망하지 않은 적이 없었고, 그를 알았다는 죄책감에 인생을 포기하고 싶었던 적도 참 많았습니다. 아니 어머니가 계시지 않았더라면 저는 진작에 이곳에서 인생을 포기했을지도 모릅니다. 이곳에서는 3개월에 한 번 국립 과학수사대에서 나와 방마다 돌아다니며 마약 검사를 합니다. 제가 있는 동안에도 한 번 했습니다.

"3645번, 잠깐 문 열게요." 문이 드르륵 열리고, 과학수사대 연구원이 방에 들어옵니다.
"이 방은 아무 이상이 없습니다." "네 고생하셨습니다."
주임님이 과학수사대 연구원에게 인사를 건넵니다. 드디어 광복절 연휴가 다가왔습니다.

이날은 접견도 안 되고 운동도 없습니다. 그래서 위로 차원에서 연휴에는 이곳에서 도넛이나 과자류 같은 특식을 제공합니다. 이곳에서 식사를 전혀 못 하던 저는 과자나 도넛이 특식으로 지급되면 그걸로 한 끼를 해결합니다. 보고 싶은 어머니를 못 보니, 제게 이런 연휴는 더욱더 지옥입니다. 연휴에는 하루 종일 방에만 있어야 하고 주임님도 교도 순찰을 할 때 외에는 사동에 계시지 않습니다. 신경과 약을 줄 때 외에는 주임님과 대화할 기회조차 없는 날이 이런 연휴인 겁니다. 저처럼 혼자 독방에 있는 수용자에게는 이런 날이 지옥과도 같을 겁니다. 생필품은 매주 화요일 주문하고, 컴퓨터용 사인펜으로 OMR카드에 표시합니다. 저는 OMR

카드 이용이 서툴러서 누락시킨 생필품이 참 많습니다. 그중 대표적인 예가 비누이고 가끔 샴푸나, 편지지 같은 걸 누락시킬 때도 있었습니다. 가끔 이런 문제로 주임님께 말하면 다음과 같은 대답이 돌아옵니다. "본인이 표시를 잘못했으니 안 들어왔죠. 표시 좀 똑바로 해요." 돌아오는 건 항상 매번 이런 면박과 같은 대답뿐이었습니다.

독방에 혼자 있다 보면, 본인의 재판 문제로 주임님과 싸우는 수용자들이 참 많이 있습니다. "저는 죄 안 지었어요. 판사가 죽일 놈이에요. 이게 형량이 이렇게 나올 일이 아닌데 검사가 구형량을 너무 높게 불렀어요."

"그러면 본인이 검찰청이나 법원에 가서 직접 따져요."

이곳에서 지내다 보면 별의별 사람들을 다 만나 봅니다. 여기엔 차마 쓸 수 없지만 주임님께 욕설을 퍼붓는 수용자도 심심찮게 만나봤습니다. 물론 이곳에 왔다고 모두 죽을죄를 지어서 오는 사람들은 아닙니다. 분명히 저처럼 억울하게 엮여서 들어오게 된 사람들이 많이 있을 겁니다. 죄지은 사람은 따로 있는데 억울하게 누명을 쓰고 들어온 사람들 말하는 겁니다.

8월의 어느 날, 법원에서 비밀 유지 서약서를 증거 자료로 채택해 줬다는 소식을 듣게 됩니다. 더불어 원장이 보낸 모든 가짜 서류들을 증거로 채택해 줬다는 말도 어머니를 통해 듣게 됩니다. 이렇게 되면, 저의 재판에 유리해지는 겁니다. 이 자료를 증거 자료로 채택했다는 건 원장이 제게 가짜 서류를 보내고 우리 가족에게 협박을 가한 사실을 법원에서 인정해 줬다는 걸 의미합니다. 드디어 9월이 오고 추석 연휴가 성큼 다가왔습니다. 추석 연휴 사흘 정도 전에 어머니께서 접견을 오셔서 제게 이런 말씀을 남기셨고 이 말도 아직도 기억에 남습니다.

"올 추석은 아무것도 안 해 먹는다. 내 딸이 이 지옥에서 나오는 날이 추석이고 엄마 생일이야." 어머니께서 이 말씀을 몇 번이나 하셨는지 모릅니다. 저도 기나긴 추석 연휴를 어떻게 보낼지 참으로 막막했습니다.

"나 엄마 못 보고는 못 살아." 하며, 방으로 돌아와 방문을 뻥뻥 차며 혼자 울곤 했습니다.

늘 원망했던 원장이지만 그날만큼은 우리 가족들을 속인 그가 더 원망스러웠습니다. 또한 그에게 속은 저 자신이 너무도 한심하게 느껴졌습니다. 드디어 사흘간의 추석 연휴가 시작되었습니다. 어찌나 시간이 길게 느껴지던지요. 추석 하루 전날, 이날은 두부 과자가 특식으로 지급되었습니다. 봉지를 보니 ○○ 제과에서 만들어진 두부 과자입니다. 이게 얼마만의 바깥세상 음식일까요? 저는 순식간에 두부 과자를 다 먹었습니다. 이날 역시 주임님은 사동에 계시지 않았습니다. 그 사실을 안 저는 어머니가 너무 보고 싶고, 집이 그리워서 큰 소리로 울었습니다. 날이 날인지라, 어머니에 대한 그리움은 뼛속 깊이 사무쳤습니다. 다행히도 제 목소리가 그리 크지 않았던 것일까요? 주임님이 있는 곳까지는 들리지 않았나 봅니다. 가을 하늘은 높은데 아직 찜통더위는 계속됩니다. 이젠 마음을 비우고, 재판 날짜만 기다리기로 다짐합니다. 어차피 모든 죄는 원장이 지은 것이니까, 그가 벌을 받는다고 마음을 다잡습니다.

개울가에 앉아 무심히 귀 기울이고
있으면 물만이 아니라
모든 것은 멈추어 있지 않고 지나간다는
사실을 새삼스레 깨닫는다

좋은 일이든 궂은일이든
우리가 겪는 것은 모두가 한 때일 뿐

죽지 않고 살아 있는 것은
세월도 그렇고 인심도 그렇고
세상만사가 다 흘러가며 변한다.

인간사도 전 생애의 과정을 보면
기쁨과 노여우면 슬픔과 즐거움이
지나가는 한때의 감정이다.
이 세상에서 고정불변한 채

영원히 지속되는 것은
아무것도 없기 때문이다.

세상일이란 내 자신이 지금 당장
겪고 있을 때는 견디기 어려울 만큼
고통스러운 일도 지내놓고 보면
그때 그곳에 그 나름의 이유와 의미가
있었음을 뒤늦게 알아차린다.

이 세상일에 원인 없는 결과가 없듯이
그 누구도 아닌 우리 자신이 파놓은
함정에 우리 스스로 빠지게 되는 것이다.

오늘 우리가 겪는 온갖 고통과 그 고통을
이겨내기 위한 의지적인 노력은 다른 한편
이다음에 새로운 열매가 될 것이다.

이 어려움을 어떤 방법으로 극복하는가에
따라 내일의 우리 모습은 결정된다.

그렇습니다. 원장은 제가 이곳에 오게 하도록 덫을 놓은 것뿐입니다. 저는 그가 놓은 덫에 잠깐 걸린 것뿐입니다. 이렇듯 모든 범죄 행위와 범법 행위는 그의 손으로 이루어진 것입니다. 법원에서도 그에 대한 모든 자료를 채택했습니다. 이제, 이곳에서도 밝은 내일을 위해 하루하루 알차게 보내기로 했습니다. 그렇게 추석 연휴가 끝나고 판결 일을, 어머니를 통해 듣게 됩니다. 이제 지긋지긋한 이곳에서의 생활도 끝나간다는 확신이 생겨 한편으론 마음이 참 가볍습니다.

3장

서서히 드러나는 진상

14.

검은 그림자가 드리운 아버지의 통장

"고객님의 신용평점이 변경되었습니다."

유리하다고 교만하지 말고

불리하다고 비굴하지 말라

자기가 아는 대로 진실만을 말하며

주고받는 말마다 악을 낳지 않아

듣는 이에게 편안과 기쁨을 주어라.

무엇을 들었다고 쉽게 행동하지 말고

이치가 명확할 때 과감히 행동하라

제 몸 위에 턱없이 악행 하지 말고

핑계 대어 정법을 어기지 말며

지나치게 인색하지 말고

성내거나 질투하지 말라

정의를 등지지 말고

원망을 원망으로 갚지 말며

이익을 위해 남을 모함하지 말라

객기 부려 만용 하지 말고

허약하여 비겁하지 말며

지혜롭게 중도의 길을 의연히 가라

이것이

지혜로운 이의 모습이니

사나우면 남들이 꺼리고

나약하면 남이 업신여기니

사나움과 나약함을 버려

중도를 지켜라.

벙어리처럼 침묵하고

임금처럼 말하며

눈처럼 냉정하고 불처럼 뜨거워라.

태산 같은 자부심을 품고

누운 풀처럼 자기를 낮추어라.

역경을 참아 이겨 내고

형편이 잘 풀릴 때를 조심하라

재물을 오물처럼 볼 줄도 알고

터지는 분노를 잘 다스려라.

때와 처지를 살필 줄 알고

부귀와 쇠망이 교차함을 알라

이것이 지혜로운 삶이다.

얼마 안 가 지옥에서의 생활은 끝이 났습니다. 비록 그의 죄를 밝힐 수는 없었지만 이제 불행 끝 행복 시작인 것 같았습니다. 그런데 이게 웬일일까요? 이건 서막에 지나지 않았고 진짜 불행은 이제부터 시작이었습니다. 지난 1편에서 '아버지의 대출금'과 '미행'에 대해 다룬 적이 있습니다. 가장 중요한 결론부터 말씀드리면 현재 진행형이란 사실입니다.

아버지는 토스뱅크에 계좌를 개설한 적이 없으십니다. 그런데 이상한 일이 생기기 시작합니다. "고객님의 신용평점이 변경되었습니다."하고 신용정보 변경 알림이 서비스에서 계속하여 문자가 옵니다. 이에 놀란 아버지께서는 주거래은행에 직접 가 최근 발생한 대출이 있는지 알아보게 됩니다. 여기에서 놀라운 사실 하나가 밝혀지게 됩니다.

"고객님, 최근에 토스뱅크에 계좌가 개설되었습니다. 대출금도 토스뱅크에만 1억 2,000만 원 정도 되고 모두 최근에 발생한 대출입니다." 이 말을 들으신 아버지는 은행에서 충격으로 쓰러지셨답니다. 한참 뒤에 정신을 차리신 아버지는 토스뱅크에 직접 전화를 겁니다. 그러곤 최근 대출 명세를 보내 달라고 요청하셨습니다.

"제 대출 명세 좀 이메일로 보내 주세요."

아버지께서는 컴퓨터를 이용할 줄 모르셔서, 제 이메일로 대출 명세서를 받아 보게 됩니다. 여기엔 놀라운 사실이 숨어 있었습니다. 바로 대출을 받은 일당들이 제 이름으로 돈을 빼서, 어머니 계좌로 옮기고 또 어머니 계좌에서 돈을 빼서 제 통장으로 옮기는 방식으로 자금 세탁을 했습니다. 놀라운 사실은 그뿐만이 아니었습니다. 제가 한창 쿠팡이란 앱을 사용할 때입니다. 이 일당들도 동시에 쿠팡에서 제 이름으로 3만 원에서, 많게는 50만 원 정도씩 하루에 몇 건씩이나 소소하게 쇼핑을 한 이력도 있었습니다. 낮과 밤을 가리지 않고, 제 통장 주무르듯 그렇게 사용했던 겁니다. 1편에서 다뤘듯 토스뱅크에 계좌가 하나만 있는 게 아니었습니다. 아버지 명의로 마이너스 통장 5,000만 원짜리가 개설되었습니다. 바로 이 통장이 이들의 손아귀에서 놀아난 것입니다. 아버지는 이 통장이 개설된 지 1년이 지나서야 이 사실을 알게 된 것이니, 오죽 놀라셨을까요. 비극은 여기에서 끝이 아닙니다.

마이너스 통장만 개설된 게 아니었습니다. 아버지 명의로 사장님 대출, 비상금 대출까지도 실행돼 있었습니다. 돈을 빼간 이름도 아직도 기억에 생생합니다. 아버지께서는 어느 날 큰 결심을 하게 됩니다. 바로 공권력의 힘을 빌려, 경찰서에 고소하기로 큰마음 먹으셨던 것입니다.

그러곤 거래 명세서와 증거 자료를 모두 취합해서 경찰서에 가져다줍니다. 경찰서에 도착한 아버지는 사건 경위서를 쓰십니다. 그러나 누구의 소행인지 정확하게 모르니 진정서를 작성하십니다. 진정서를 작성하시는 아버지의 팔이 파르르 떨립니다.

다 작성하시고는 경찰서 민원실로 들어가서 당직 수사관과 기나긴 상담을 하시게 됩니다.

"일단 사건 접수는 도와드릴게요. 이삼 일 뒤 담당 수사관이 전화 연락 드릴 거예요."

"네, 수사관님 꼭 좀 범인 좀 잡아 주세요. 한 집안 생계가 달린 일입니다. 수사관님만 믿습니다."

아버지의 바람은 너무도 간절했습니다. 이틀이나 지났을까요?

한 여자 수사관에게 전화가 걸려 옵니다.

"며칠 전에 진정서 접수하셨지요? 오늘 오후에 잠깐 경찰서에 나와 주세요. 사건 접수하기 전에 몇 가지 안내해 드릴 게 있습니다."

"네, 범인만 잡을 수 있다면 뭐든 하겠습니다." 그날 오후 두 시, 아버지는 승용차를 타고 경찰서에 가셨고 두어 시간이 지나도 돌아오지 않으셨습니다. 세상에 이게 무슨 일일까요?

담당 수사관이 말하길, 이 대출 건들은 모두 가족들 명의로 이루어진 것이랍니다. 따라서 수사가 들어가면 가족이 다친다고 했답니다. 수사관이 한 말은 다음과 같습니다.

"잠깐 은행 거래 명세를 토대로 조사를 해 봤는데 사모님 통장에서 따님 통장으로 이동했어요. 따님 통장에서 어디로 이동했는지는 확인이 안 됩니다. 가족들과 상담해 보세요."

"제 가족들은 그럴 사람들이 아니에요."

"그래도 가족들 명의라 수사할 수 없습니다."

이를 들은 아버지께서는 허탈함과 실망감이 가득한 표정으로 집에 돌아오시게 됩니다. 어머니도 우리나라 공권력에 대해 크게 실망하셨습니다. 불행하게도 대출이 발생한 곳은 토스뱅크 한 곳이 아니었습니다. 저축은행권부터 카드사까지 대출이 발생한 곳도 다양했습니다.

총피해 금액을 따지면 2억 5,000만 원 정도가 나옵니다. 이는 아버지께서 사업을 해서 대출금과 이자를 갚는다는 건 그야말로 역부족인 상황이었습니다.

그렇게 우리 가족들은 지상에서 지옥으로 떨어진 것이었습니다. 이쯤에서 의심되는 사람이 한 명이 있습니다. 그건 바로 원장이었죠. 원장은 2022년 6월 처음으로 저에게 접근했습니다. 너무 공교롭게도 그해 가을부터 아버지의 휴대 전화에 신용조회 문자들이 많이 들어온다고 했습니다. 당시 제가 아버지 명의의 휴대 전화를 사용하고 있었기에 아버지께서는 제가 신용조회를 하는 줄만 아셨답니다. 그래서, 아버지께서는 저에게 늘 "아빠 이름으로 신용조회 하지 말아라." 하고 신신당부하셨습니다. 실제로 아버지 이름으로 신용조회를 하지 않은 저는 그게 무슨 말인가 했습니다. 정황상 그를 알고부터 불미스러운 일은 하나둘 터지기 시작했습니다.

원장은 하루에도 여러 번 신용조회를 했습니다. 도와준다고 나타나서는 뒤에서는 범행을 저지르고 있었던 겁니다. 원장 아니면 한 가정을 이렇게 송두리째 망가뜨려 놓을 사람도 없었습니다. 즉, 그가 범인인 게 너무 당연시되었던 것입니다. 그가 범인이라는 나름의 증거도 있었습니다. 저에게는 오빠 한 명이 있습니다. 오빠도 모 카드사에서 200만 원 정도 대출이 실행되어서 경찰서에 진정서를 넣었답니다. 그런데 수사관으로부터 놀라운 사실을 듣게 되었다고 했습니다.

15.

악마의 미행이
시작되다

"감수위원님 아버지 지금 은행 가셨죠? 어서 돌아오시라 하세요. 지금 은행 가면 통장에 있는 돈 다 빼갈 거고, 아버지 생명도 위험해요. 김중호가 아버지 은행에 들어가는 거 보면 도끼로 찍는대요."

"이거 해외에 서버를 두고 범행하는 거고, 노숙인 한 명 조사했는데 아무런 혐의가 없어요."

"제 동생 직장 상사가 따로 경찰서에 고소해서 사건 진행 중인데 거기 경찰서 말이랑 너무 다르네요."

"동생분 상사는 직접 만나 보셨나요? 정황상 그 사람이 범인입니다."

"직접 만나 보진 못했고 동생을 통해 전해듣기만 했어요."

"봐봐요. 그 사람이 범인이라니까요."

오빠도, 수사관의 저 말을 듣고서는 깊은 충격에 빠졌다고 했습니다. 오빠 명의로 대출을 실행해 간 원장, 아버지 명의의 대출금도 동일범 소행이 너무도 분명했습니다. 그를 의심하는 데는 그만한 이유가 있습니다. 아버지께서 은행 업무를 보러 가실 때면, "지금 따라붙는 사람이 있으니 조심하세요. 은행 업무는 지금 보지 말고 다음에 보세요."

원장에게 이 말을 들은 아버지는 깊은 공포심에 시달리셔야 했고, 한동안 은행 업무를 보지 못하셨습니다. 그 때문에 대출금이 이렇게 눈덩이처럼 불어난 것이고, 피해는 더 커진 것입니다. 더욱 놀라운 건 은행에 간다고 가족 간에 대화조차도 하지 않았는데 원장은 이미 아버지가 은행에 간 사실을 알고 있었던 겁니다.

"감수위원님 아버지 지금 은행 가셨죠? 어서 돌아오시라 하세요. 지금 은행 가면 통장에 있는 돈 다 빼갈 거고, 아버지 생명도 위험해요. 김중호가 아버지 은행에 들어가는 거 보면 도끼로 찍는대요." 이 말을 듣곤 아버지는 은행 앞에 가셨다가도 발걸음을 돌리셔야 했습니다. 돈을 맡기고 관리하는 은행, 세상에 어느 누가 살인 협박까지도 받는 와중에 마음 놓고 갈까요? 사람마다 생각은 다르겠지만, 저의 관점에서 보면 은행에 못 가는 게 너무도 당연한 사실이라고 생각합니다. 급한 볼일을 보시느라 한동안 카드도 통장도 사용 못 하시고 오직 무통장 입금으로만 은행 업무를 보신 적이 있습니다. 그때도 원장은 "아버지 오늘 5만 원권 많이 찾으셨네요."하고는 아버지께서도 기억하지 못할 일을 알고 있곤 했습니다. 놀라운 건 아버지께서 은행에 가실 때 따라오는 사람도 아무도 없었습니다. 어쩔 땐 주위에 사람 한 명 없었을 때도 있었답니다. 그런데 원장은 아버지께서 얼마짜리 돈으로 얼마를 찾았고, 이런 소소한 사실들까지도 어떻게 알고 있는 것일까요? 그 점은 지금까지도 풀리지 않는 의문이요, 이상한 일입니다. 여기에서 한 가지 기이한 일이 또 일어납니다. 화창한 오후의 어느 날, 아버지의 차가 방전되었습니다. 아버지는 곧바로 보험사에 호출하셨습니다. 당시에 아버지께서는 전화의 전원을 거의 꺼 놓다시피 하고 사셨습니다. "L 보험사이죠? 지금 차가 방전되어서 와주셔야 합니다." "네 지금 바로 출동하겠습니다." 약 5분 뒤 보험사 직원이 집에 도착했습니다.

그러곤 제 휴대 전화로 원장에게 연락이 옵니다.

"너희 아버지 지금 L 보험사 직원 호출하셨더라. 직원 이름은 최재영이고, 전화번호는 010-XXXX-XXXX이더라. 그 직원 때려죽인다." 원장에게 이런 협박 문자가 왔고, 그 연락을 받은 순간 저는 심장이 두근두근 방망이질쳤습니다. 약 20분 정도 흘렀을까요? 방전된 차를 고친 아버지께서 들어오십니다. 한 손엔 보험사 직원의 명함을 들고 오셨죠. 이를 본 저는 깜짝 놀랄 수밖에 없었습니다. 아버지가 가지고 오신 명함 속에 연락처는 원장이 말한 그 연락처가 맞았고 이름도 그 직원이 맞았습니다.

더욱 놀라운 건 아버지 휴대 전화로도 그 직원을 찾는 전화가 여러 번 걸려 왔답니다.

아버지도, 보험사 직원의 연락처를 명함을 받은 후에나 아셨다고 합니다. 그런데 원장은 어떻게 먼저 알았을까요? 그건 아직도 미스터리요, 의문으로 남아 있고, 독자 여러분과 함께 풀어나가야 할 숙제입니다. 이 일이 있고 아버지는 곧바로 또다시 휴대 전화 서비스 센터에 가서, 공장 초기화를 하십니다. 혹시나 도청 앱이 깔려 있나 확인도 하실 겸사겸사 서비스 센터에 방문하셨던 겁니다.

"제 휴대 전화 공장 초기화해 주시고 도청 앱 깔려 있나 확인 좀 해 주세요."

"공장 초기화는 완료되었고 도청 앱은 없습니다."

몇 번이고 공장 초기화도 해 보고, 도청 앱 유무 검사도 해 봤습니다. 그렇지만 아버지의 휴대 전화에서는 아무것도 발견되지 않았습니다. 그는 항상 이런 식으로, 아버지를, 그리고 우리 가족을 협박해 왔고 괴롭혀 왔습니다. 원장의 협박만 없었더라면, 아버지는 지금쯤 그를 잡아서 법의 심판을 받게 했을 겁니다. 그러던 어느 날 아버지께서는 토스뱅크로부터 한 통의 전화를 받게 됩니다. "고객님, 대출 연장하실 건가요? 완납하실 건가요? 연장하실 거라면 토스뱅크 앱 내려받으셔서 설명서대로 하시면 되세요."

"네, 이번에는 연장하겠습니다."

아버지께서는 문자 발신이나 전화 통화 외에 전자기기를 전혀 사용할 줄 모르십니다. 은행 업무도 항상 창구를 통해 보시곤 했습니다. 당시에 제가 구치소에서 수용 생활 중이어서 아버지께서는 오빠에게 잠시 집에 들를 것을 요청합니다. 토스뱅크 앱을 이용해서, 대출 연장신청 할 것을 요청하셨습니다.

"아들아, 이번 주에 시간 되니? 아빠 대출 연장신청을 해야 한다는데, 앱으로 하라고 한다. 아빤 앱 사용을 못 하니 네가 해라."

"네 아빠. 평일엔 일을 하니 주말에 가서 도와드릴게요."

그렇게 주말이 왔고 오빠가 집에 왔답니다. 아버지 휴대 전화를 본 오빠는 깜짝 놀랄 사실 하나를 접하게 됩니다. 세상에, 토스뱅크에 아버지의 체크카드가 만들어져 있었었습니다. 더욱 놀라운 사실은 2022년에 아버지 사업장 근처에 있는 벽○아파트로 배송이 되었답니다. "아빠, 카드가 다른 주소지로 배송이 되었는데요? 아빠가 한 번 보세요."

깜짝 놀란 아버지는 토스뱅크 상담원에게 통화연결을 하셨고 상담원이 전화를 받습니다.

16.

이전되어 있는 주소, 그곳엔 누가

"아빠, 집 주소가 인천시 모 아파트로 되어 있어요.
서류 같은 것도 다 이쪽으로 간 것 같은데요.
상담원 연결해서 집 주소 수정해야 할 것 같아요."

"지금 제 명의로 카드가 발급되었는데 이게 벽○아파트로 갔어요. 제가 보이스피싱을 당해서 그 일당들이 주소지를 엉망으로 해 놨습니다. 일단 이거 지급정지해 주시고, 체크카드는 다시 발급받아 보내 주세요." 아버지는 체크카드를 다시 발급받으셨고, 주소 확인을 위해 오빠는 앱을 다시 켰습니다. "아빠, 집 주소가 인천시 모 아파트로 되어 있어요. 서류 같은 것도 다 이쪽으로 간 것 같은데요. 상담원 연결해서 집 주소 수정해야 할 것 같아요."

아버지는 다시 토스뱅크 상담원을 연결하셨고, 다시 상황 설명을 하셨습니다.

"제가 보이스피싱을 당해서 아주 미치겠어요. 이놈들이 집 주소도 바꿔놨네요. 제가 지금 불러 드리는 주소로 다시 보내 주세요."

아버지는 그렇게 체크카드를 다시 발급받으셨다고 하고, 며칠 뒤에 수취하셨다고 합니다. 대체, 저 주소지에는 누가 살고 있는 것일까요? 그리고 원장은 왜 이렇게까지 우리 가족들을 괴롭히는 것일까요? 대한민국 국민이라면 모두 알 법한 벽ㅇ아파트입니다. 원장은 언제 그곳에 가서 아버지의 토스뱅크 카드를 받은 것일까요? 참 이상하고 의문점이 많이 드는 하루였답니다. 확실한 건 그는 죄책감도 없고 죄의식도 없는 사람이라는 사실입니다. 최소한 그가 인천시 ㅇ동으로 주소 이전만 해 놓지 않고, 체크카드 발급만 받지 않았더라면 좀 더 수월하게 연장 업무를 볼 수 있었습니다. 하지만 불행은 이게 끝이 아니었고 이건 서막에 지나지 않았습니다. 아버지는 토스뱅크 대출 연장을 위해 사업자 등록증을 재발급받으셔야만 했습니다. 며칠 뒤 세무서에 가서 대출 연장을 위해 사업자 등록증을 재발급받으셨답니다. 가까스로 대출은 연장이 되었습니다. 그가 대출받은 곳은 토스뱅크 한 곳만이 아니었고 마치 줄줄이 사탕처럼 계속 터졌습니다. 하도 수상하고 답답한 나머지 아버지께서 주거래은행에 방문하셔서 거래 명세서를 떼어 봤습니다. 창구 직원이 이렇게 말합니다. "O 캐피탈은 얼마 전에 상환이 되어 있는데, 최근에 대출 건이 많이 발생했네요."라고 말하곤 아버지께 거래 명세서를 건넵니다. 이를 보신 아버지께서 몹시 충격을 받으셨습니다. 그를 본 창구 직원은 아버지께 우황청심원을 건네셨습니다. 이를 마신 아버지는 조금 안정을 되찾으셨습니다. 이게 웬일일까요? 세상에, 원장이 O 캐피탈 대출 1,000만 원을 갚고 얼마 뒤 K사 저축은행과 동일사 카드에서 4,000여 만 원을 추가로 대출받은 사실이 확인되었습니다. 게다가 k사 저축은행과 카드 대출들은 연체되어 신용정보사에 넘어가기 직전이었습니다. 아버지께선, 급한 불을 끄기 위해 사업을 하셔서 힘들게 번 돈으로 연체된 이자를 납부하셨습니다. 원장은 우리 가정에 더 큰 손해를 입히기 위해 본인이 1,000만 원을 갚는 길을 선택한 것입니다. 더불어 더 많은 곳에서 대출받은 것이겠습니다. 우리 집의 기둥뿌리까지 송두리째 뽑아가 버린 그입니다. 대출받은 돈은 모두 탕진했고 앞서 말한 마이너스 통장의 잔액은 항상 0원이었습니다. 사실, 그의 만행은 이게 끝이 아닙니다. 아버지는 약 1년 가까이 은행으로부터 문자메시지를 못 받으셨습니다. 이 틈을 타 '비상금' '용돈' '비자금' 같은 이름으로 아버지 통장에서 무단으로 돈을 찾습니다. 이를 어머니 통장으로 송금하고, 어머니 통장을 타고 제 통장으로 송금합니다. 그렇게, 제 통장에서 돈은 어디론가 흔적도 없이 바람과 함께 유유히 사라지게 됩니다.

이를 본 수사관은 아버지 거래 명세서에 온통 가족들 이름만 찍혀 있으니, 가족들을 범인으로 지목하게 된 겁니다. 1년 가까운 시간 동안 아버지 통장에서 이렇게 무단으로 인출된 돈의 액수만 약 1억 원에 육박합니다. 아버지는 은행에서 문자메시지를 받을 길이 없으니 이 사실을 까맣게 모르고 계셨지요. 뒤늦게 확인해 보니 은행에서 온 문자메시지는 스팸 메시지 함에 보관되어 있었습니다. 너무도 뒤늦게 안 사실이었습니다. 그 1년이란 시간 동안 아버지 통장은 원장의 ATM이 된 겁니다. 아버지의 휴대 전화는 그의 손아귀에서 놀아난 셈입니다. 이렇게 대출금의 이자는 점점 눈덩이와 같이 불어나게 됩니다. 휴대 전화가 악마로 보이는 아버지이지만, 어쩔 수 없이 이자를 갚기 위해 닥치는 대로 일을 하셨습니다. 더 큰 피해를 막기 위해 아버지께서는 나이스 신용정보사에 신용조회를 하지 못하도록 막아 놓으셨다고 합니다. 하지만 물질적, 정신적인 피해는 여기에서 끝나지 않았고 우리 가족은 원장에게 계속 시달려야만 했습니다.

17.

검은 그림자가 드리운
휴대 전화

하필 그날따라 인증 문자가 1분에 3,000개가 넘게 들어와
업무에 방해가 되어 휴대 전화를 끄고 업무를 보셨다고 합니다.

아버지께서 신용조회를 하지 못하게 막자, 이번에는 '문자 인증 테러'를 시작했습니다. '여ㅇㅇ' '자ㅇㅇ' '퀵 ㅇㅇㅇ' 애플리케이션에서 하루에 인증 문자는 만여 개씩 빗발쳤고 휴대 전화를 꺼놔야 하는 상황에 이르게 됩니다. 문자가 오는 애플리케이션의 수는 날이 가면 갈수록 더 많아지고 인증 테러는 극에 달하게 됩니다. 어느 날 귀가하신 아버지의 표정이 몹시 어둡습니다. 그날은 마침, 아버지께서 늦게까지 오시지 않아서 제가 아버지 휴대 전화로 연락을 해 봤습니다. "고객님의 전화기가 꺼

져 있어 삐 소리 후 음성 사서함으로 연결됩니다. 연결된 후에는 통화료가…." 그로부터 몇 시간 지나지 않아 아버지께서 집에 도착하셨습니다. 집에 돌아오신 아버지께서 하시는 말씀은 놀라움 그 자체였습니다.

하필 그날따라 인증 문자가 1분에 3,000개가 넘게 들어왔답니다. 아버지께서는 업무에 방해가 되어 휴대 전화를 끄고 업무를 보셨다고 합니다. 그러곤, "아빠 이제 전화 꺼 놓고 살 거다. 필요할 때만 켤 거니 전화하지 말아라."라고 통보하셨습니다. 전화를 꺼두고 계셔도 빗발치는 인증 문자 때문에 배터리는 바닥나 버린 아버지의 체력만큼이나 쭉쭉 달았습니다. 그 때문에, 전화를 켜도 휴대 전화는 항상 먹통이었습니다. 어떤 때는 아예 작동되지 않아 한 시간 가까이 애를 먹은 적도 있으셨다고 합니다. 이런 악순환이 계속되자 아버지의 스팸 메시지 함은 가득 차게 됩니다. 또한 이를 지켜보시던 어머니의 건강은 점점 악화되어 갑니다. 우중충한 날씨, 한적한 주말의 어느 날 아버지께서는 s전자 서비스 센터에 방문하시게 됩니다. "무엇 때문에 오셨나요?"

"휴대 전화가 너무 느려져서 공장 초기화하러 왔습니다."

그렇게 아버지의 휴대 전화는 공장 초기화되었고 저장되어 있던 모든 거래처의 연락처는 자연히 삭제되었습니다. 아버지께서는 100개가 넘는 거래처의 연락처를 하나하나 손수 다시 저장하게 되는 번거로움을 겪게 됩니다. 원장 그의 인증 테러는 이제 멈출까요? 아버지의 휴대 전화가 공장 초기화되었단 사실을 눈치챘나 봅니다. 그걸 안 그는 더욱더 악독하고, 지독하게 인증 테러를 강행합니다. 지난 1편에서 잠깐 이야기했듯, 저는 아버지 명의의 휴대 전화를 사용하고 있었습니다. 저 또한 원장에게 테러당하는 중이었습니다. 당시에 저는 약 3년간 번호 변경을 하지 않고 한 번호로 오래 사용하고 있었습니다. 그러던 중 원장의 협박에 못 이겨 번호 변경을 선택하게 됩니다. 번호를 변경한 첫날, 기존 연락처가 정상적으로 해지되었나 확인하고 싶은 마음에 기존 번호로 연락을 해 봅니다. 이건 무슨 일일까요? 신호가 정상적으로 가는 겁니다. 이를 너무 이상하게 여긴 아버지가 고객센터에 직접 연락하십니다.

"오늘 연락처 변경을 했는데, 번호가 정상적으로 해지되지 않아 무슨 일인지 확인하고 싶은 마음에 연락드렸습니다."
"저희도 이런 일은 처음입니다. 전산상으로는 해지된 거니 안심하시고 사용하세요."
"이 번호로 사기 피해라도 발생하게 되면 거기에서 책임질 겁니까?"
아버지께서 언성을 높이십니다. 상담사는 저렇듯, 전산상으론 해지된 거니 걱정하지 말라는 말을 남깁니다. 그러곤 일단은 통화를 종료하게 됩니다. 통신사 고객센터에서도 처음 있는 일이랍니다. 찝찝한 기분은 지워 버리지 못하였고, 며칠 뒤 다시 그 번호로 연락 시도를 해 봤습니다. 아직도 전화번호는 죽지 않았고, 다음과 같은 멘트가 나옵니다.

"고객님의 전화기가 꺼져 있어 삐 소리 후 음성 사서함으로 넘어갑니다. 연결된 후에는…."

아무리 전산상으로 해지가 되었다고 해도 저로서는 참 당황스럽고 난처했습니다. 저 연락처로, 원장이 무슨 일을 저지를까 불안한 마음도 들었습니다. 아버지는 다시 고객센터에 연락하고 어떻게든 번호 해지를 할 것을 당부하십니다. 하지만 고객센터의 답변은 똑같았습니다. 그렇게 그 연락처가 해지 되지 않은 채로, 3개월의 시간이 흘렀고, 불길한 예감은 언제나 맞는 것일까요? 원장은 그 꺼져 있다는 전화기로 이 사이트 저 사이트에 약 광고를 하게 됩니다. 꺼져 있는 저의 전화기를 그가 원격 제어해서, 카카오톡 인증 번호를 받은 다음, 제 명의의 카카오톡 계정에 가입한 것이겠죠. 이 계정을 범죄에 악용한 겁니다. 그렇게 해서, 그 연락처는 '더치트'라는 사기꾼 공유사이트에 공유되게 되고 저는 엄청난 피해를 보게 됩니다.

1차 적인 피해는 제 번호가 사기꾼 공유사이트에 등록된 것이요, 이차 적인 피해는 그가 제 옛날 번호로 약 판매를 해서 여러 경찰서에서 조사 받은 것입니다. 어느 날 더치트를 확인해 보니 제 옛날 번호로 여섯 개의 피해 사례가 나오는 걸 두 눈으로 똑똑히 확인하게 됩니다. 저는 이 번호를 사용하지도 않고, 제가 피해자에게 피해 입힌 당사자가 아니기에 지울 권한은 없었습니다. 그러던 어느 날, 타지에 거주하던 오빠가 이 사실을 알게 됩니다.

"네가 예전에 사용하던 연락처가 사기꾼들 정보 공유하는 사이트에 등록 되어 있는데 확인해 봐야 할 것 같아."

"응 확인해 볼게."

"그리고 아빠 전화번호도 사기꾼 공유사이트에 등록되어 있어."

사실은, 그 번호는 제 손을 떠났기에 확인할 길은 없었습니다. 그렇지만 가족들이 걱정하는 게 싫어 신경 쓰지 말라며 둘러대게 됩니다. 뒤늦게 안 사실이지만 아버지 연락처도 사기꾼 공유사이트에 등록되어 있었다고 합니다. 하지만, 그에게 당한 피해는 여기에서 끝이 아닙니다. 독자 여러분도 아시다시피, 아버지께서는 사업장을 운영하고 계십니다. 오래 사업을 하셨던 터라 거래처도 꽤 많으십니다. 그러던 어느 날, 아버지께서 오래 거래하신 제본소에서 연락 한 통이 오게 됩니다.

"사장님 번호로 욕설 문자가 와서 어제 하루 종일 일도 못 했어요. 혹시 우리 공장에 찾아올까 봐 무서워서 지금 문도 닫아 두고 있는 상황이에요. 사장님 아들이라면서 그렇게 욕을 욕을 하더라고요. 어찌나 무섭던지."

"지금 보이스피싱을 당해서 그놈들이 하는 짓이니 무시하세요." "일단 사장님 번호는 차단해 둘게요."하고 통화는 끝이 났습니다. 아버지께서는 그 거래처에서 일을 많이 하셨기에 받을 돈도 있는 상황이었습니다. 약속대로 그분은 아버지 번호를 바로 차단해 두셨습니다. 며칠이 흘렀을까요? 또 그 거래처 직원으로부터, 아버지께 연락이 걸려 왔습니다.

그날은 비가 주룩주룩 내리는 날이었고 이에 더불어 강풍까지도 부는 날이었습니다. 거리에는 차가 못 다닐 정도로 비가 오는 날이었습니다. 대략 어느 정도인지 상상될 거라 생각합니다. 그런 날, 원장은 아버지 거래처에 '오토바이 퀵 서비스'를 보냈답니다. "사장님, 지금 오토바이 퀵 서비스 기사가 와 있는데 통장 보내래요. 이게 어떻게 된 일이에요?"

"보이스피싱범들이 하는 짓이니 그냥 보내세요."

아버지의 말씀대로 그냥 보냈다고는 했습니다. 하지만 그날은 유난히도 비가 많이 오는 날입니다. 따라서 퀵 서비스 기사를 빈손으로 돌려보낸다는 게, 사람으로서 미안한 마음이 들지 않을 수 없었겠지만요. 하지만 미안한 마음을 뒤로하고, 퀵 서비스 기사들을 그냥 보내야만 했습니다.

18.

밤낮 가리지 않는
그들의 손가락 장난

"여기 심규철 씨 댁 되나요? 오토바이 퀵 서비스 기사인데요.
규철 씨가 부모님 몰래 통장을 보내야 한다고 하던데."

    오토바이 퀵 서비스 이야기는 1편에서 다룬 적이 있습니다. 그 당시에는 누가 보내는지 모르는 상황이었기에 자세히 쓰기에는 한계가 있었습니다. 하지만 이제는 이 모든 범행을 원장이 한다는 걸 알게 되었기에 상황은 달라진 거죠. 아버지의 거래처만 해도 퀵 서비스를 그날 한 번만 보낸 게 아니랍니다. 뒤늦게 아버지께 들은 사실이지만 그 뒤에도 오토바이 퀵 서비스 기사는 계속 오게 되고 이를 돌려보내는데, 난항을 겪었다고 합니다. 유독, 비가 오는 날이나 날씨가 짓궂은 날에는 퀵 서비스를 더 많이 보냈습니다. 문제는 아버지의 거래처에만 퀵 서비스를 보낸 게 아닙니다. 우리 집에도 낮과 밤을 가리지 않고 하루에도 여러 번 퀵 서비스가 오게 됩니다.

"여기 심규철 씨 댁 되나요? 오토바이 퀵 서비스 기사인데요. 규철 씨가 부모님 몰래 통장을 보내야 한다고 하던데."

또 어느 날은, "부모님 몰래 다이어트약을 보내야 한다고 하던데." 하면서 모두 통장과 다이어트약을 요구하는 퀵 서비스가 왔습니다. 날씨가 너무 짓궂은 날에는 기사 손에 수고비 정도는 쥐어서 보낸 적도 있었습니다. 퀵 서비스 테러는 하루 이틀 지속된 게 아니었고, 마침내 아버지께서는 큰 결심을 하게 됩니다. "아무래도 그냥 넘어갈 일은 아니다. 경찰 불러야겠다."

하며 아버지께선 인근 지구대에 연락하셨고, 직접 가서 진술하고 오시기도 했습니다.

그런데 이게 웬일? 경찰을 불러도 퀵 서비스는 계속 왔고, 오히려 테러 강도는 더 높아졌습니다. 어떤 날은 집 앞에 경찰이 상주하고 있는 날도 있었습니다. 그렇게 퀵 서비스 기사들은 빈손으로 돌아갔고, 이렇게 돌려보내는 아버지의 마음도 아팠겠지요. 그러던 어느 날입니다. 밤 열 시가 넘은 시간, 대문 밖에서 자박자박 사람의 발걸음 소리가 들려옵니다. 잘못 들었겠거니, 하고 그냥 자려고 마음먹었습니다. 하지만 사람의 발걸음 소리는 더욱 커졌죠. 밤 열한 시가 넘은 시간, 아버지 휴대 전화로 전화 한 통이 걸려 옵니다.

"오토바이 퀵 서비스 기사인데요. 통장을 급히 보내야 한다고 해서 업무시간이 아닌데도 왔습니다. 혹시 본인이 요청하신 게 아니라면, 업무방해로 경찰서에 고소하겠습니다."
"예, 제발 고소 좀 해 주세요. 저희도 이것 때문에 아주 죽겠어요."
해당 기사는 퀵 서비스를 신청한 컴퓨터 IP 등을 색출해 경찰에 신고했다고 합니다.

그렇게 하루가 다르게 테러의 강도는 점점 높아져만 갔습니다. 따라서 정상적인 생활을 한다는 건 꿈 같은 일이 되었습니다. 며칠 뒤, 퀵 서비스 기사가 아닌 본사에서 아버지 휴대 전화로 전화 한 통이 걸려 오게 됩니다. "이 번호로 퀵 서비스가 너무 많이 접수돼요. 하루에도 막 20건씩 접수가 되고 어쩔 땐 몇백 건이에요. 제가 알아보니 다른 회사도 이 주소나, 이 전화번호로 접수되는 퀵 서비스의 양이 어마어마하다고 해요. 일단 우리 회사에 접수되는 것들은 반려할게요." "네, 고맙습니다. 이거 그리고 경찰서에 수사 의뢰 좀 부탁합니다."

그렇게 본사에서도 범인의 IP를 색출해 경찰서에 고소하게 됩니다. 범인 검거에는 실패했지만, 원장은 번번이 제 휴대 전화로 퀵 서비스가 올 것을 알려 주곤 했습니다.

"오늘 감수위원님 댁으로 퀵 서비스가 갈 겁니다. 김중호가 보낸 거니 그냥 반송시키면 됩니다." 이렇듯 원장은 모든 사실을 알고 있었습니다. 정황상 그가 보낸 게 너무도 확실했습니다. 저 문자는 그가 보냈다는 증거가 되겠습니다. 불행하게도, 퀵 서비스 테러는 우리 집뿐만 아니라 타지에 거주하고 있는 오빠에게까지 확장되게 됩니다. 오빠가 재직 중인 회사에는 오토바이 퀵 서비스를 비롯해 다마스, 람보, 1톤 트럭까지도 출연하게 됩니다. 보내라는 품목은 우리 집이나, 아버지의 거래처나 오빠가 재직 중인 회사나 모두 같습니다. 통장과 다이어트약. 이건 무엇을 의미하는 것일까요? 원장은 우리 가족을 모두 법적 처벌을 받게 해 궁지에 몰아놓으려고 아주 철저히 계획하고 있었던 겁니다. 어느 날 오빠가 재직하는 회사에 퀵 서비스가 도착하게 됩니다. 그날은 유독 눈이 많이 내리는 날이었습니다. 아마 오빠가 없을 때, 퀵 서비스 기사를 대신 맞이한 사람이 있나 봅니다.

"심규철 씨, 퀵 서비스 받을 거 있나요?"

"누가 제 이름으로 장난치는 것 같아요. 전부터 계속 괴롭혀요. 지금 본가에도 계속 퀵 서비스가 오고 난리예요." 자연히 오빠가 재직하는 회사에서도, 온 가족이 누군가로부터 괴롭힘을 당하는 사실을 알게 됩니다. 그 괴롭힘을 누구에게 받는지는 정확히 모르겠지만요. 이렇듯 회사에 퀵 서비스는 하루에 셀 수도 없이 많이 도착하게 됩니다. 영업 나간 오빠가 없을 땐 기사들을 보내는 것도 일이었습니다. 물론 회사에서 온 가족이 괴롭힘 받는 상황을 알고 있었지만 그렇게 구체적으로 알진 못했기 때문입니다. 또한, 퀵 서비스 기사들을 빈손으로 돌려보내기도 쉬운 일은 아니었던 겁니다. 괴롭히는 방식은 퀵 서비스만이 아니었습니다.

하늘에서 싸락눈이 펄펄 내리는 날, 오빠가 재직하는 회사로 정화조 업체에서 찾아왔답니다.

"심규철 씨 계시나요? 정화조 업체에서 나왔습니다. 긴급 건으로 신청 하셔서 빨리 왔습니다."

이때 마침 오빠가 있었습니다. "저는 신청한 적 없습니다. 누군가 제 이름으로 자꾸 장난치는 것 같아요. 제발 경찰서에 고소 좀 해 주세요."

"네. 사기꾼들 짓인가 보네요. 경찰에 신고하겠습니다." 그렇게 정화조 업체 직원도 허탕을 치고 돌아갑니다. 어떻게 보면, 그 사람들도 누군가 남겨둔 문의 신청을 보고 일을 하기 위해 온 사람들입니다. 그런데 한두 사람도 아니고 이렇게 허탈하게 빈손으로 돌려보낸다는 게 여간 힘든 일이 아니었지요. 하루에만 해도, 퀵 서비스 기사가 여러 번 오게 됩니다, 다마스, 라보 기사까지 출현하게 되니 오빠는 일을 할 수가 없는 상황에 이르게 됩니다. 퀵 서비스 테러는 하루 이틀 지속된 게 아니라 약 6개월 간 지속되었습니다.

불행하게도 비극은 여기에서 끝이 아닙니다. 온 가족을 거리에 나앉게 하려는 원장의 수작일까요? 퀵 서비스로 괴롭히는 것도 부족했을까요? 전화 테러와 국제 전화 테러가 동시에 시작되었습니다.

19.

다시 시작된 전화 테러

"심규철 씨 되시나요? 여기는 상조업체입니다."

"심규철 씨 되시나요? 여기는 상조업체입니다." "여기는 봉안당입니다." "대부업체인데 대출 신청하지 않았어요?" "동물 장례식장인데 본인이 키우시는 고양이 봄이가 죽었다고 해서 연락드렸습니다." 대한민국에서 광고하는 업체에서 오빠에게 다 연락이 왔답니다. 하루에 서너 통만 받아도 스트레스받고 지치는 광고 전화입니다. 더욱 놀라운 건 원장은 오빠가 키우는 고양이의 이름도 아주 정확하게 알고 있었단 사실입니다. 하지만 이러한 스팸 전화를 하루에 400통 넘게 받았고, 실질적으로 필요한 전화는 받지 못하게 됩니다.

전화 테러는 낮과 밤을 가리지 않고 지속되었습니다. 급기야 새벽 네 시까지도 지속되게 되지요. 어느 날 깜깜한 새벽, 오빠에게 이런 전화가 걸려 왔답니다. 전화의 내용은 경악을 금치 못합니다. "여긴 갯벌인데 갯벌 체험 예약하셨지요? 오늘 새벽 다섯 시까지 장화 신고 편안한 차림으로 나오세요." 전화벨 소리를 듣고 잠에서 깬 오빠는 이렇게 말합니다. "갯벌 체험 예약한 적 없는데요. 접수 신청된 IP가 어떻게 되나요?"

"경기도 쪽입니다." 원장은 밤에 잠도 안 자고 전화 테러만 강행하는 걸까요?

그의 만행은 전화 테러가 끝이 아니었습니다. 이제 본격적으로 국제 전화, 국제 문자 테러가 시작됩니다. "국제 전화입니다. 국제 전화입니다." 국제 전화가 빗발칩니다. 끊어도 끊어도 국제 전화는 계속 걸려 오고 휴대 전화를 작동할 수 없는 지경에 이르게 됩니다. 한 번 오기 시작하면 연속으로 여섯 일곱 통은 오는 게 특징입니다. 전화 테러가 하루 이틀 한 달만 계속되었을까요? 여러분 놀라지 마십시오. 테러는, 약 1년이 넘는 긴 시간 지속되게 되고 마침내 인터넷으로 광고하는 회사에서는 오빠에게 한두 번쯤 연락하게 됩니다. 힘든 시간을 보내던 오빠에게도, 잠깐 휴식이란 게 찾아왔습니다. 우리 집 1년 행사인 김장할 무렵, 전화 테러는 잠깐 멈추게 되고 이는 약 사흘간 멈추게 됩니다. 드디어, 김장하는 날입니다. 타지에 사는 오빠는 이날 하루 휴가를 내고 본가에 와서 김장을 도와주기로 한 겁니다. 하지만 오빠가 김장을 도와주러 본가에 온다는 사실을 원장이 안 걸까요? 본가 근처에 도착하자, 잠시 뜸했던 전화 테러는 다시 시작되게 됩니다. "○○○○○라고 안마의자 업체인데, 체험 예약하셨지요?" 이때 안마의자 업체에서 지점별로 연락이 왔답니다. 마침, 저는 오빠와 실시간으로 대화하고 있었습니다. 화가 잔뜩 난 오빠가 현관을 열고 들어섭니다. "어머니, 원장 잡아야 하겠어요. 이놈 안 잡히면 일을 못 하겠어요." "그놈을 어떻게 잡니. 그렇게 범죄에 도가 튼 놈인데 어떻게 잡겠어." 그를 검거하지 못한다는 소식을 들은 오빠는 실망한 기색이 역력합니다. 마침내 김장을 도와주지 않고 집으로 돌아가겠다고 선언합니다. 원장, 그는 악마입니다. 김장을 도와주러 본가에 왔던 오빠는 한참 동안 부모님과 실랑이를 벌인 채, 화가 난 얼굴로 집에 돌아가야만 했습니다. 이 일이 있고 난 뒤, 오빠와 부모님의 사이는 점점 더 멀어졌습니다. 불행은 그뿐만이 아닙니다.

그날부터 원장의 전화 테러는 다시 시작된 것입니다. 오빠뿐만 아니라 오빠가 재직하는 회사 팀장, 직장 동료 가리지 않고 하루에 500통 넘는 테러는 지속되었습니다.

어느 날, 회사에서 워크숍을 떠난 날이 있었답니다. 평소보다 바쁜 날이란 걸 원장이 알아챘는지 모르겠습니다. 그날은 오빠가 아닌 회사 대표자에게 전화 테러가 약 600통 가까이 지속되었다고 합니다. 본인을 괴롭히는 것보다 주위 사람을 괴롭히는 편이 마음 착한 오빠가 더욱 괴로워한다는 사실을 원장이 아는가 봅니다. 이제 테러는 오빠에게서 회사 팀장이나, 대표자, 직장 동료 등으로 점점 확장되게 됩니다. 오직 제삼자를 통한 전화 테러만 하는 것도 아닙니다. 회사 대표자나, 직장 동료, 과거 회사 상사에게까지 음란물 사진을 전송하고 욕설을 내뱉는 등 협박의 강도는 날로 높아져만 갔습니다.

"심규철 해고 안 하면 너희 회사 불 싸지른다. 심규철은 사기꾼이다." "당장 안 자르면 너희 집 아들까지도 죽여 버린다." "심규철이 이거 내가 가는 곳마다 괴롭힌다. 넌 평생 백수로 살 줄 알아라." 차마 여기에 쓰지 못한 더욱 심한 협박도 있습니다. 원장은 이런 협박들을 오빠 주위를 맴돌며 계속 이어갔습니다. 결국 전화 테러와 협박에 이기지 못한 오빠는 다니던 회사에서 해고당하게 됩니다. 사실, 오빠의 실직은 이번이 처음이 아닙니다. 지난번 회사에서도 1편에 잠깐 작성했던 지지난번 회사에서도 같은 이유로 실직했습니다. 원장의 괴롭힘에 지친 오빠는 이제 새로운 일자리를 구하는 것도 지치고 두렵다고 합니다. 원장의 협박이 무섭다고 저에게 털어놓았습니다. 그래도 생계를 유지해야 했던 오빠는 머지않아 자동차 부품회사에 입사하게 됩니다. '이제는 원장의 괴롭힘에서 벗어나겠지.' 하는 마음으로 새로운 일을 시작하게 된 겁니다.

하지만 그 생각은 착각에 지나지 않았습니다.

입사한 지 이틀도 되지 않아, 직장 상사 연락처는 어떻게 찾았는지 "심규철 당장 잘라라." "심규철이 안 자르면 네 모가지 따 버린다." 등등 차마 입에 담기도 어려운 협박과 욕설들을 서슴지 않았다고 합니다. 오빠는 입사한 지 일주일도 채 되지 않아 그 회사에서도 해고되었습니다. 전화 테러는 아버지에게까지 확장되었고, 원장이 마치 우리 집안의 기둥뿌리를 뽑아가려는 것 같았습니다. 아버지께도 오빠를 찾는 전화가 계속 걸려 오기 시작했고, 국제 전화까지도 빗발쳤습니다. 그 때문에 아버지의 휴대 전화는 항상 배터리가 빨리 닳았었습니다. 테러에 지치신 나머지 거래처에 전화할 일이 있을 때만 잠시 전화를 켜는 방식으로 휴대 전화를 사용하곤 했습니다. 아버지께서는 휴대 전화를 꺼 놓고 있으면 원장이 무슨 수작이라도 부리지 않을까 걱정하셨습니다. 켜 놓고 있으면 빗발치는 전화 테러와 국제 전화 때문에 여간 신경 쓰이는 게 아니었습니다. 즉, 전화를 켜 놓지도 꺼 놓지도 못하는 상황에 직면하게 된 것입니다. 휴대 전화가 생계의 동아줄 역할을 하시던 아버지와 오빠는, 최악의 테러와 협박에도 견디고 버텨야만 했던 것입니다. 피해는 이루 말할 수 없지만 이 이야기는 여기에서 줄이겠습니다.

4장

산산조각 난 가족들의 꿈

20.

괴물의 목각인형이 된
어머니의 통장

"어머니 오늘 은행에 가셨네요. 통장 표지에 노란 줄무늬가 있지요?"

"오늘은 5만 원권 지폐로 많이 찾으셨네요."

피해는 아버지께만 일어난 게 아니었습니다. 안 좋은 일은 동시다발적으로 일어난다고, 어머니의 통장은 원장의 ATM이었습니다. 1편에서 어머니는 가사를 하시느라 은행에 가실 일이 거의 없다고 간단하게 작성했습니다. 어머니의 그런 점을 악용해서, 원장이 어떤 일을 저질렀는지 지금부터 천천히 독자 여러분께 말씀드리겠습니다. 저희 어머니는 아버지께서 주시는 생활비를 열심히 저축하셨습니다. 따라서 많은 돈은 아니지만 제가 특별히 직업을 갖지 않아도 먹고 살 수 있는 정도의 돈은 통장에 꼭 가지고 계셨습니다. 워낙 가정적인 분이시기도 합니다. 그래서 식품이나 약품 구매 외에는 돈을 사용하는 일이 거의 없으신 자린고비 정신이 투철한 분이시지요. 간혹 가다가 제가 멀리 여행이라도 가고 싶다고 말하면

"한 푼이라도 아껴야 나중에 네가 편하게 살 수 있다."라고 말씀하시는 그런 분이십니다.

실제로 저희 어머니의 절약 정신 덕분에 믿지 못할 말이지만 우리 가족은 단 한 번도 여행을 떠나본 일이 없습니다. 실질적으로 제가 직업을 가지고 있지 않았을 때도 어머니께 용돈을 받으며 나름대로 넉넉하게 생활했습니다. 아버지께서 생활비를 주실 땐, 어머니께서 단돈 10만 원이라도 제 통장에 넣어 주시곤 했지요.

그렇게 저희 집안은 부자라고는 말할 수 없지만 성인인 제 용돈도 챙겨줄 정도로 돈 걱정 없이 살았습니다. 그러던 어느 날 어머니께서 은행에 가시더니 믿지 못할 일을 겪게 됩니다. 결론부터 말씀드리자면 어머니께서는 아버지께서 매달 주시는 생활비를 모으고 모아서 약 육천만 원 정도 정기 예금에 가입해 두셨다고 지난 편에 말씀드렸습니다.

지난 편에 이 돈은 박본관과 일당들이 모두 사용했다고 작성했습니다. 하지만 여기에는 엄청난 반전이 있습니다. 우연히 이 사실을 알게 된 타지에 사는 오빠가 박본관과 직접 통화를 하게 됩니다. "저희 어머니 통장

알아요? 혹시 돈 뺀 적 있나요?" "당신 어머니가 누군지도 모르고 관심도 없습니다." 박본관이 스토킹 등 범죄를 저질러서 처벌받은 사실은 있지만, 어머니 통장에 직접적으로 손댄 적이 없는 건 기정사실이었습니다. 오죽하면, 그에게 컴퓨터나 휴대 전화 사용하는 것을 오빠가 알려 줬을까요. 그는 엄청난 기계치였고 컴맹이랍니다. 여기서, 진범의 실체가 드러나게 되고 그는 바로 원장입니다. 원장은 어머니의 통장은 물론, 통장 색까지도 정확하게 알고 있었습니다.

"어머니 오늘 은행에 가셨네요. 통장 표지에 노란 줄무늬가 있지요.?" "오늘은 5만 원권 지폐로 많이 찾으셨네요." "오늘은 5만 원권으로 병원에서 수납하셨네요."

이렇듯 원장은 어머니의 통장에 너무나도 관심이 많았습니다. 그는 같이 거주하는 저보다도 많은 걸 알고 있었습니다. 통장 색깔이며, 어머니께서 은행에 가시는 시간도 너무 정확하게 알고 있는 그였습니다. 어느 날 몸이 편찮으신 어머니께서 동네 병원에 가시게 됩니다. 당시에 감기에 걸려서 주사를 한 대 맞으셨습니다. 이 비용은 카드로 계산하시려고 했습니다.

"오늘 비용은 카드로 계산해 주세요." "4,400원입니다." "어머니, 이 카드는 잔액이 부족한데 다른 카드 없으신가요?" 통장에 잔액이 없을 리 없습니다. 너무 놀라신 어머니는 가지고 있던 현금으로 병원비를 결제

하시게 됩니다. 그러곤 집에 돌아오셔서 신분증을 챙겨 들곤 곧장 은행으로 달려가십니다. 그날따라 은행에 사람이 참으로 많았고, 10분을 대기해야 업무를 볼 수 있었습니다. "고객님 오랜만에 오셨네요." 어머니를 오랜만에 본 직원이 먼저 인사를 건넵니다. "통장 잔액 확인하러 왔어요." 통장에 잔액을 확인하신 어머니는 은행 직원의 말이 귀에 들릴 리가 없습니다. 사실, 어머니 통장에는 약 4,500여만 원 정도가 있어야 정상입니다. 하지만 어머니 통장에 그 돈은 없었고, 이미 공중분해 된 상황이었습니다. 공중분해가 된 돈은 어디로 갔을까요? 어머니의 거래 명세는 눈을 뜨고도 믿지 못할 충격 그 자체였습니다. 바로, 아버지 통장에서 그렇게 했듯 어머니 통장에서도 같은 수법으로 돈은 이동했던 것입니다. 어머니의 통장에서 아버지의 통장으로, 또 저의 통장으로…. 저의 통장에서 돈은 그렇게 바람과 함께 유유히 사라지게 됩니다. 이는 저를 범인으로 만들려는 원장의 수작입니다.

　이 돈이 어디를 통해 나갔을까요? 또 한 가지의 놀라운 사실이 밝혀지게 됩니다.

"고객님 명의의 토스뱅크 계좌가 개설되었어요. 이건 저희 쪽에서 해지 못 하고 고객님이 토스뱅크에 직접 전화해서 해지해야 합니다." 실신하신 어머니는 집에 돌아오셨습니다. 그러곤 곧장 토스뱅크에 전화하게 됩니다. "제 명의의 통장이 개설되었다고 해서 이거 없애려고 합니다. 제가 만든 통장이 아닌데, 보이스피싱을 당했어요. 이 통장은 그놈들이 만든 거예요."

"고객님 죄송하지만, 그건 경찰에 신고해야 합니다. 고객님께서 보이스피싱을 당했다는 판결문이 있어야 저희 쪽에서 처리할 수 있어요. 고객님 명의로 300만 원 비상금 대출도 있는데 이거 고객님이 받으신 거 아닌가요?"

"보이스피싱범들이 받은 거예요. 저는 이 대출금 못 갚습니다. 신용정보사에 넘기시든 데려가시든 알아서 하세요."

어머니 명의로 300만 원짜리 비상금 대출도 실행되어 있었습니다. 토스뱅크 계좌는 하나가 아닌 두 개였던 것으로 밝혀졌습니다. 원장은 어머니의 신분증을 위조해, 50대에서 60대 사이의 여성에게 대출받을 것을 지시했던 겁니다. 이 여성은, 어머니 명의의 신분증을 위조해 토스뱅크 측과 영상통화를 해서 비상금 대출을 실행한 것입니다. 사실, 어머니께서 직업이 있거나 사업장을 가지고 계셨다면 피해는 더욱 커질 뻔했습니다. 그러면 비상금 대출을 받은 돈은 어머니의 통장에 있을까요? 그 돈 역시 제 통장에서 아버지 통장으로 이동해서 돈의 최종적인 경로를 알 수 없게 되었습니다. 그가 어머니 명의로 비상금 대출을 받은 건 이번이 처음이 아닙니다. 시기는 2022년 가을로 거슬러 올라갑니다. 박본관이 모든 일을 저지른 줄만 알았던 그 시절, 오후 네 시쯤에 어머니 휴대전화로 전화 한 통이 걸려 오게 됩니다.

21.

어둠의 그림자는
누구일까?

"엄마, 원장 신고하자. 금액도 큰데 당장 경찰서에 가서 신고하자."

"안녕하세요. 고객님 토스뱅크입니다. 작년 11월, 고객님 명의로 비상금 대출이 50만 원이 발생했는데 이자 납부가 되지 않았습니다. 이번 주까지 완납하지 않으면 신용정보사로 이관됩니다." "네 오늘 안으로 납부할게요. 죄송합니다."라고 말씀하시곤, 저에게 50만 원을 쥐여 주셨습니다. 그러곤 은행에 가서 이자를 납부하고 오라고 하셨지요. 저는 서둘러 옷을 입고 은행에 갔고, cd기로 50만 원을 납부했습니다. 대출을 완납하고 어머니께 이를 보여 드립니다. 이를 보신 어머니께서 이렇게 말씀하십니다.

"엄마는 남의 돈 쓰고 못 산다. 당장에 밥 먹을 돈은 없어도 남의 돈은 10원짜리 하나라도 갚아야 발 뻗고 잠을 잔다. 젊은 사람이 한 번 실수했는데 그냥 넘어가자."

어머니는 대출에 '대' 자도 모르는 분이셨고, 세상 순수하게 사신 분이었습니다. 토스뱅크 대출은 휴대 전화 영상통화를 통해 이루어진다고 합니다. 어머니는 문자 보내는 법도 모르셔서, 간혹 가다 타지에 사는 오빠에게 문자를 보낼 때면 제가 대신 보내 드리곤 했습니다. 그런 어머니가 인터넷 은행인 토스뱅크에서 대출받는다는 건 꿈에서조차 상상을 못 할 일입니다.

놀라운 사실은 여기에서 끝이 아닙니다. 원장은, 어머니께서 토스뱅크에서 50만 원 대출을 받았다가, 상환한 사실도 알고 있었습니다. 제가 상환하고 온 이 50만 원도 원장이 받았단 사실이 제겐 너무나도 충격적이었습니다. 그러니까 쉽게 말해 그는 2022년 그 훨씬 전부터 우리 집안을 풍비박산 내기 위해 철저하게 사전계획을 했던 겁니다. 다시 본론으로 돌아가, 어머니의 통장은 잔고가 25원 남은 사실상 빈 통장이었던 겁니다. 이를 아신 어머니는 들어놓으셨던 6,000만 원짜리 정기 예금을 해지하게 됩니다. 몇 년간 힘들게 모아온 전 재산을 한순간에 악마의 손아귀에 의해 다 잃으신 어머니를 생각하니 마음이 아팠습니다. 저는 어머니께 당장 경찰에 신고하실 것을 권유했습니다. 어머니의 대답은 뜻밖이었습니다. "엄마, 원장 신고하자. 금액도 큰데 당장 경찰서에 가서 신고하자." "그래도 다 가족들 이름인데 어떻게 신고하니. 그놈이 잡힌다는 보장도 없고 다 네 아버지 이름이고 네 이름인데…." 하고는 말끝을 흐리셨습니다. 돈을 빼간 이름이 아버지 이름과 제 이름인 건 기정사실이었습니다. 그렇다고 신고를 안 하고 그냥 묻어두기엔 저로서는 이해가 가지 않았습니다. 그렇지만 한 편으로는 어머니 마음을 알 것 같기도 했습니다. 앞서 말했듯 모두 가족들 이름이었고, 거래 명세상에는 제 이름만 잔뜩 있었습니다. 따라서 어머니께서는 걱정이 되지 않을 수 없는 노릇입니다. 게다가 아버지께서도 대출 건 때문에 경찰서에 몇 번이나 진정하셨습니다. 그런데 모두 가족 간의 돈거래라 하면서 가족들과 진지한 대화를 할 것을 권유했습니다. 따라서 그 이유로 어머니로서는 따로 신고할 엄두를 못 내신 겁니다. 이제 어머니 통장 잔고는 바닥이 났고, 돈이 들어올 구멍은 없었기에 가입해 두신 정기 예금을 해지하기로 마음먹으셨던 겁니다. 어머니의 정기 예금을 해지해서 생활비로 사용하고 있었습니다. 그 상황은 2년이 지난 현재까지도 이어지고 있습니다. 그 일이 있고 어머니는 은행권에 금융거래 노출자로 등록하게 됩니다. 피해는 여기에서 끝이 아닙니다. 어머니께서는 원장 하나 때문에 한순간에 신용불량자로 전락하게 되고 맙니다. 불행은 여기에서 끝나지 않습니다. 원장의 만행은 대체 어디까지일까요?

22.

수렁에 빠지다
그 끝은 어디에

제가 잠깐이라도 휴대 전화를 켜려고 하면
그날은 집안 전체가 난리가 나는 날입니다.

저희 어머니께서는 통화할 곳이 딱 정해져 있습니다. 타지에 거주하는 오빠, 그리고 아버지입니다. 가족들이 어머니의 통화 상대의 전부였습니다. 그것조차도 일주일에 한 번 정도로 아주 가끔입니다. 이 때문에 휴대 전화는 방치된 경우가 허다했습니다. 원장에게 한 번 비상금 대출 사기를 당하고 나서, 어머니께서는 지문이나 비밀번호로 휴대 전화를 잠가놓고 지내셨습니다. 그러던 어느 날입니다. 아버지가 일을 가셔서 늦게까지 돌아오지 않으시는 아버지와 통화를 하려고 번호를 누른 순간 기막힌 일이 발생하게 됩니다.

"지금 거신 번호는 연결하실 수 없습니다." 놀라신 어머니는 한참 뒤 돌아오신 아버지께 여쭈어봅니다. "당신 전화가 고장 난 것 같은데, 통화를 해 보니 연결할 수가 없대요."

"전화 줘 봐. 내가 한번 해 볼게." 어머니는 휴대 전화를 아버지께 드렸고 역시나 연결할 수 없다는 말만이 나올 뿐이었습니다. "이거 내일 고객센터에 전화해 보자. 뭔가 잘못된 거 같은데." 오전 9시가 되기가 무섭게 고객센터에 연락했고, 상담원은 어머니의 개인정보를 물어봤습니다. "고객님 정보 부탁드릴게요." "요금 명세서 좀 떼어 보려고 전화했습니다."

고객센터에서 돌아오는 답변은 놀라웠습니다. "고객님, 요금이 3개월째 밀려서 신용정보사로 이관 예정입니다. 금액은 250만 원 정도 됩니다."

상담사는 유선상으로는 명세서를 떼어 볼 수 없다고 답합니다. 그 말을 듣고, 어머니는 동네 휴대 전화 대리점으로 부리나케 달려가셨습니다. 드디어 대리점에 도착했습니다. 놀라신 어머니는 발을 동동 굴렀고 조금 기다리다가 대리점 직원으로부터 요금 확인을 하실 수 있게 됩니다. "고객님, 언제부터 언제까지 명세서 떼어 드릴까요?"

"일단 2022년부터 최근까지 주세요." 살이 에일 듯 추운 날씨였습니다. 하지만 어머니는 슬리퍼를 신고 외투도 걸치지 않은 채 대리점에 가셨습니다. 직원으로부터 명세서를 받아 보신 어머니는, 뒤로 나자빠질 뻔했습니다. 거기엔 즉, 어머니가 사용하지 않은 휴대 전화 결제와 소액결제 요금이 각각 한 달에 100만 원, 100만 원씩 청구되어 있었습니다. 나중에 알아보신 결과 이는 게임 아이템 구매와 온라인 쇼핑 등에 사용된 명세라는 걸 확인하게 됩니다. 앞서 말했듯, 어머니는 문자 보내는 것도 어려워하셔서 제가 대신 보내 주곤 했는데 휴대 전화 게임이고 쇼핑이라니요. 더욱 놀라운 건 2022년 1월부터 어머니 명의로 소액결제와 휴대 전화 결제가 무차별적으로 꾸준하게 일어나고 있었단 것입니다. 어머니 명의로 이루어진 휴대 전화 결제만 1,200만 원가량 되었습니다. 이 요금도 어머니 통장에서 고스란히 빠져나가고 있었습니다. 원장이 은행에 가지 못하게 한 탓에 어머니는 이 사실을 몰랐던 것입니다. 더욱 놀라운 사실은, 휴대 전화 소액결제 한도를 늘리려고 원장이 밀린 요금을 10만 원, 20만 원 이렇게 소액씩 갚고 있었단 사실입니다. 원장은 교묘하게 정지를 피하고자 매달, 조금씩 돈을 갚고 있었습니다. 물론 어머니는 이 사실을 알 길이 없었습니다. 그는 이렇게 밀린 요금을 조금씩 납부하고 자신이 어머니의 휴대 전화를 원격 제어해서 사용하고 있었던 겁니다. 그가 이렇게 요금을 납부한 게 한두 번이 아닙니다. 그 내용이 실제로 거래명세서에 버젓이 찍혀 있었고 현재까지도 보관 중입니다. 휴대 전화 결제와 소액결제도 원장이 했다는 데는 다 이유가 있습니다. 그는 우리 가족의 통화 명세에 대해 모르는 게 없었습니다. "어머니가 오빠분과 통화하셨네요?" "오빠분 오늘 저녁은 피자 드셨네요."

"오빠분 오늘은 인천 서구에 볼일 보러 가셨네요." 하고 제가 모르는 사실들을 너무도 많이 알고 있었고 항상 먼저 알고 있었습니다. 하다못해 어머니께서 병원에 가셔서 얼마짜리로 계산했는지, 오늘은 시장에서 뭘 샀는지, 어디 어디 들렀는지 모르는 게 없는 그였습니다. 저는 당시에 휴대 전화 없이 공기계만 이용했고, 어머니는 전화기를 주로 방치하고 계셨습니다. 따라서 그는 어머니의 휴대 전화를 자신의 손아귀에 놓고 주물렀던 것입니다. 어머니께서는 급한 대로, 휴대 전화 대리점 직원에게 소액결제와 휴대 전화 결제 원천 차단해 달라고 요청하게 됩니다. 소액결제는 원천 차단 되었고, 나름대로 마음 놓고 며칠간을 지낼 수 있었습니다. 앞서 말했듯, 저는 아버지 명의로 휴대 전화를 사용합니다. 그 당시 원장의 도청 때문에 휴대 전화를 켜 놓고 살 수는 없었고 항상 꺼 놓고 있었습니다. 제가 잠깐이라도 휴대 전화를 켜려고 하면 그날은 집안 전체가 난리가 나는 날입니다. "휴대 전화 왜 켰니? 어서 꺼라. 그놈이 다 듣고 있다. 공기계 사용하는 것도 위험한데 어서 꺼." "잠깐만 뭣 좀 확인하고 끌게요." 해도 통하지 않았고, 저는 1분도 안 돼 전화를 꺼야만 했습니다. 사실 그가 휴대 전화 소액결제를 한 건 이번이 처음이 아닙니다. 이번 소액결제 사건이 터지기 6개월 전쯤 이와 똑같은 일이 있었습니다. 그때도, 통신사에 전화해서 소액결제와 휴대 전화 결제 차단을 해 놨었습니다. 통신사 직원으로부터 원천적으로 차단 되었다는 사실까지 수차례에 걸쳐 확인했습니다. 당시에 어머니와 제 휴대 전화, 아버지의 휴대 전화도 원천 차단을 걸어놨었지요. "고객님, 소액결제와 휴대 전화 결제 두 개 다 안전하게 차단 되었습니다."

통신사 직원으로부터 안전하다고 몇 번이나 확인을 받았습니다. 그로부터 얼마 뒤 믿지 못할 일이 생기게 됩니다. 분명 제 휴대 전화는 아버지의 통장에서 요금이 납부되고 있었습니다. 누군가와 통화할 일이 적었던 저는 요금제도 3만 원 정도, 저렴한 것을 사용하고 있었습니다.

그 때문에 요금이 밀리거나 할 일은 없었습니다. 또한, 아버지 통장에는 제가 사용하는 휴대 전화 요금 납부할 돈은 항상 있었지요.

23.

최악의 발악,
휴대 전화 소액결제

"11월 10일, 휴대 전화 발신 정지 예정입니다."

그러던 어느 날, 제 휴대 전화로 한 통의 문자메시지를 받았습니다. "11월 10일, 휴대 전화 발신 정지 예정입니다." 통신사 번호도 아니었고, 서울 지역번호였기에 사기 문자인 줄 알고 무시했습니다. 사실상 아버지나, 타지에 거주하는 오빠와만 통화를 했었던 터라 전화가 정지되었는지에 대해 확인할 길도 없었습니다. 이렇게 약 2주의 시간이 흘러갔을까요? 그날은 아버지께서 일을 가셔서 늦게 귀가하시는 날이었습니다.

"딸아, 아버지께 연락 한번 해 봐라. 오늘 늦으시는데 걱정되는구나." 저는 이 말을 듣고 곧장 아버지께 연락을 시도했습니다. "지금 거신 번호는 연결할 수 없습니다. 다시 확인하시고 걸어 주세요."라는 말만 나옵니다.

　다시 어머니 휴대 전화로 연락을 시도해 봅니다. 여기에서 놀라운 일이 발생하게 됩니다. 그것은 바로 어머니의 휴대 전화에도 똑같은 문자가 와 있는 겁니다. 이 문자를 받은 저는 깊은 충격에 빠지게 됩니다. 어머니의 전화요금은 어머니의 통장에서 출금이 됩니다. 어머니의 통장 역시 휴대 전화 요금이 출금될 정도의 금액은 넉넉하게 있었던 터라, 연체될 일이 없었습니다. 그래서, 우리 가족과는 상관이 없는 일이라 생각하고 어머니 전화로 아버지께 연락을 시도합니다. 이번에는 정상적으로 신호가 갑니다. 그러니 결론적으로 제 전화는 정지가 된 게 맞았습니다. 일단 급한 대로 어머니 전화로 아버지와 통화를 하게 됩니다. 물론, 제 전화가 정지되었단 사실은 부모님께 말씀드리지 않았습니다. "아빠, 언제 오실 거예요?" "집 앞이다."

　이날 아버지께서 늦으시지 않으셨더라면, 제 휴대 전화가 정지된 것을 알 길이 없었습니다.

　얼마나 날짜가 흘렀을까요? 혹시, 정지가 풀렸나 확인도 할 겸 타지에 있는 오빠에게 전화를 걸어봅니다. 아버지께서 요금을 납부하셨는지 정상적으로 신호가 가고 오빠와 무사히 통화할 수 있었습니다. 하지만 기쁨은 잠시, 며칠 뒤 다시 정지된다는 문자메시지를 받게 됩니다.

　아버지께서 요금을 납부하셨다면 다시 정지될 일이 없습니다.

머릿속에 불길한 예감이 문득 스쳐 지나갑니다. 불길한 예감은 언제나 일치했습니다. 원장이 제 휴대 전화 요금을, 자신의 범행을 무마할 목적으로 5만 원, 10만 원씩 소액으로 납부했던 겁니다. 그의 범행은 이게 끝이 아닙니다. 당시에 제 휴대 전화에는 고객센터 앱이 깔려 있지 않았습니다. 아버지 명의의 휴대 전화를 사용하고 있었기에 사실상으로 고객센터 앱이 무용지물이었던 것입니다. 그는 제 휴대 전화를 원격 제어해서 통신사 고객센터 앱을 깔았습니다. 그에 지나지 않고 고객센터 직원들과 저인 척 채팅까지도 이어 나갔습니다.

채팅의 내용은 더 가관이었습니다.

"5만 원 납부해 주세요. 이번 주 목요일까지 돈 마련에서 완납할 테니 정지만은 하지 말아 주세요." 그렇게 휴대 전화가 일시 정지되는 것을 그가 이렇게 미루고 미뤘던 겁니다. 너무도 당연한 사실이지만 그것도 그의 돈으로 납부한 게 아닌 소액결제를 한 돈으로 돌려막기 했던 것입니다. 이 사실을 안 저는 재빨리 고객센터 앱을 삭제했습니다. 도청의 문제도 있었지만, 전화를 켜 놓고 있으면 원장이 뭔 일을 저지를까 두려워 전화기를 꺼두고 있었던 겁니다.

그때까지만 해도 휴대 전화를 꺼 놓고 있으면 안전할 줄 알았던 것입니다. 따라서 그가 도청이나, 원격제어 같은 일을 저지르지 않을 것으로 생각했던 것이겠지요.

어머니의 휴대 전화가 정지된다던 날짜가 내일입니다. 이제, 휴대 전화 두 대가 다 정지되니, 아버지나 오빠와 연락할 길이 없습니다. 그렇게 휴대 전화는 악마의 손아귀 안에서 놀아났습니다. 그로부터 얼마 뒤 이 사실을 아신 아버지께서 휴대 전화 대리점에 방문했습니다. 물론 어머니의 전화기도 가지고 가셨습니다. 대리점 직원으로부터 놀라운 이야기를 듣게 됩니다. 그 이야기는 즉, "몇 개월 전부터 소액결제가 이루어졌네요. 완납해 드릴까요?" 몇백만 원인지 정확하게 기억나지 않지만, 상당히 큰돈이었습니다. 아버지께서는 그 요금을 완납하셨다고 합니다. 그러곤, "소액결제 원천 차단해 주세요. 아주 저랑 저희 집사람도 못 풀게 막아 주세요." 앞서 말했듯, 소액결제에 대한 피해가 이만저만이 아니자 아버지께서는 원천 차단을 하셨던 겁니다. 그래서, 불행 중 다행으로 소액결제에 대한 피해는 이제 막을 수 있겠거니 하고 생각하고 살게 됩니다. 두 번째 원천 차단을 한 뒤로는 소액결제나 휴대 전화 결제는 다시는 일어나지 않았습니다. 하지만 시도는 계속하게 됩니다. 이번에는 아버지 휴대 전화로 시도하나 봅니다. 아버지께서 사업 때문에 휴대 전화를 켜 놓고 계시면 간간이 이런 문자가 들어옵니다. "20만 원 결제 실패 다날 연락 바람." 휴대 전화 소액결제가 차단 되었으니, 이제 이런 식으로 장난을 치는 원장입니다.

우리는 세상을 살면서

수많은 마음을 주고받는다.

배려의 마음 용서의 마음

때로는 미움의 마음

과욕의 마음 거짓의 마음

우리가 보낸 마음들은

동그라미 인생 속에

이리 흐르고 저리 뒹굴다.

결국은 마음의 주인에게

되찾아 온다.

좋은 마음은 좋은 마음대로

나쁜 마음은 나쁜 마음대로

되돌려 받는 것이 세상의 이치다.

이 세상엔 공짜가

그 무엇이 있겠는가?

되돌아 생각하면 아무것도 없다.

베풀면 베푼 대로
인색하면 인색한 대로
다시 돌아온다.

우리네 인생살이 마음먹기 따라
행복과 불행이 나눠지듯이
작은 손 얇은 주머니 속이라
물질로 채워 줄 순 없어도

따뜻한 마음만은 넉넉하게 채워 줄
가슴이 있지 않은가?
그 마음 준다고 하여 우리에게 나무랄
그 누가 어디 있을까?

인생은 미로 같은 길을 가는 것
언제 어디서 무엇으로 또다시
만나게 될지는 아무도 모른다.

24.

오빠에게까지 번진
소액결제 피해

"고객님 3개월 전부터 소액결제가 이루어졌습니다."

아버지 명의의 휴대 전화로 장난을 치고, 이젠 타지에 사는 오빠 명의의 휴대 전화로 소액결제 피해를 발생시킵니다. 오빠에게 전해들은 말로는, 어느 날 통신사 고객센터에서 오는 알림이 모두 꺼져 있더랍니다. 1편에서도 잠깐 작성했듯, 오빠는 교과서적인 성격을 소유하고 있는 사람입니다. 그래서 알림이 올 게 없어서 오지 않나 보다 하고 좋게 생각하고 있었다고 합니다. 약 3개월 정도, 알림 없이 휴대 전화를 사용하였고, 한동안은 정지가 된다거나 하는 불편함은 없었답니다. 그러던 어느 날, 통신사로부터 180여 만 원이 미납되었다는 문자를 받았다고 전해 들었습니다. 너무 놀란 오빠는 곧바로 통신사에 연락했다 합니다.

"고객센터죠? 제 명의로 요금이 미납되었다고 해서 전화했는데요."

"고객님 3개월 전부터 소액결제가 이루어졌습니다." 독자 여러분도 아시다시피, 오빠는 소액결제를 이용하지 않았고 이는 원장의 소행입니다. 그래도 원장의 통장으로 돈이 출금된 것도 아니고, 그가 했다는 증거가 불충분했습니다. 따라서 오빠는 경찰서에 고소장이 아닌 진정서를 제출하게 됩니다.

"진정서 제출하러 왔습니다. 제가 명의도용 피해를 입어서요."

"담당자 배정되면 연락드리겠습니다." 아버지가 진정서를 제출할 때도 그러했듯 이렇게 경찰의 대답은 참으로 한결같았습니다. 범인은 잡기 힘드니 직접 잡으라는 식이었습니다. 그러곤 서류를 훑어보고는 해외에서 하는 범행이라고 했답니다. 그래도 밑져야 본전이라고, 오빠는 진정서를 작성하기로 마음먹습니다. 며칠 뒤 담당 수사관이 배정되었고 경찰서에 직접 가서 상담을 나눈 뒤 진정서를 제출했답니다. 그리고 나서 며칠 뒤 경찰서로부터 전화 한 통이 걸려 옵니다.

"심규철 씨 휴대 전화이죠? 여기 경찰서인데요. 소액결제는 해외에서 이루어진 거라 우리 경찰서에서는 못 잡을 것 같아요."

이렇게 우리 가족은 모두 원장 하나로 인해 소액결제 피해를 보게 되고, 그에 따른 어떠한 구제도 받지 못하게 됩니다. 하지만 원장의 범행은 이게 끝이 아니었습니다.

그날은 오빠의 급여일이었습니다. 최근에 소액결제 사건도 있고 해서 급여가 들어오는 대로 바로 찾으려고 했답니다. 뜻밖의 일이 일어났습니다. 오빠가 급여를 찾기도 전에, 원장이 급여를 전부 1원도 안 남긴 채 출금해 갔답니다. 그것도 약 200만 원이 넘는 돈을, 입금된 지 1분도 안 돼서 출금했다고 합니다. 여기에는 원장이 남긴 메시지가 또 하나 있습니다.

"잘 쓸게 호구야"라는 메시지를 남기고는 통장에 있는 돈을 모조리 출금했답니다. 그러곤 다른 통장으로 옮겼다고 합니다. 이건 무슨 의미일까요? 다음에 오빠에게 물어보니, 원장이 오빠 명의의 토스뱅크 계좌를 개설해서 K 카드에서 200만 원 대출도 받았답니다. 원장은 이렇게 가족들이 땀 흘려 번 돈은 물론, 영혼까지도 갉아먹었습니다. 이상한 일은 여기에서 끝이 아닙니다. 어느 날 아버지께서 휴대 전화를 꺼두고 집에서 멀리 떨어진 곳으로 일을 가신 적이 있습니다. 사실, 저도 어디로 일을 가신 건지는 몰랐습니다. 이 때 원장에게서 메시지 하나가 도착합니다.

25.

이상함을 감지하다

"아빠 카 센터에 가서 도청 장치나 위치 추적기 있나 확인해 봐야겠다.
내 동선을 원장 그놈이 안다는 게 너무 찝찝하다."

"아버지 오늘 멀리 일 나가셨네요. 열 시 이십 분에 거래처 직원과 돈 이야기를 하셨네요. 아버지 그 일 하시고 200만 원 받으신다면서요?" 저도 모르는 사실들을 원장은 이렇게 먼저 알고 있었습니다. 또 그걸 저에게 고스란히 전달 했습니다. 이 사실을 아신 아버지는 의아해하셨습니다. 휴대 전화도 꺼 두시고 일을 하시겠다. 도청이나 위치 추적을 할 수 없는 상황이었습니다. 아버지께서는 마침내 큰 결정을 내리시게 됩니다.

"아빠 카 센터에 가서 도청 장치나 위치 추적기 있나 확인해 봐야겠다.

내 동선을 원장 그놈이 안다는 게 너무 찝찝하다." 그렇게 말씀하시곤, 곧장 카 센터로 가셔서 자동차 검사를 받았답니다. 카 센터 직원도 아주 꼼꼼히 아버지의 차를 살폈답니다. "지금 제가 위치 추적을 당하고 있어요. 이 차 좀 꼼꼼하게 살펴봐 주세요. 아무래도 이상해요." "위치추적기도 도청 장치도 없습니다." 카 센터 한 곳에서 그러한 대답을 들으셨습니다. 아버지는 휴대 전화 대리점에 다시 방문하셔서 기계 자체를 공장 초기화하셨답니다. '이제, 도청의 염려는 없겠지.'라고 잠시나마 생각하시게 됩니다. 그러나 얼마 안 가 그러한 생각은 착각에 지나지 않았다는 걸 알게 됩니다. 원장은 집에서 가족들과 대화하는 내용까지도 샅샅이 알고 있었습니다. 특히나 돈에 대한 건 더욱 예민했습니다.

"아버지 오늘 5만 원권으로 한 움큼 찾으셨네요." 이렇게 얼마짜리로 돈을 찾는지 까지 다 알고 있었습니다. 그 때문에 부모님께서는 은행에 가시는 걸 더욱더 무서워하셨던 겁니다.
　어느 날은 원장이 받은 대출금의 이자를 납부하는데도 "오늘은 어디 은행에 가서 얼마를 납부하셨네요." 이렇게 돈에 대해서는 너무나도 예민하게 반응하는 원장입니다. 너무 불행하게도 그의 도청은 계속 이어졌습니다. 그래서 아버지께서는 다른 카 센터를 방문하시게 됩니다. 거기에서도 위치추적기나 도청 장치는 없다는 답을 듣게 됩니다. 원장 하나 때문에, 참으로 편할 날 없는 하루하루를 보내게 됩니다. 이렇게 불법적인 도청은 아버지께만 일어나는 게 아니었습니다. 타지에 거주하고 있는 오빠에게도 똑같은 일이 일어나게 됩니다. 오빠는, 어디에 가는지 지금 무엇을 하는지 가족들에게조차 일일이 보고하는 사람이 아닙니다. 그러던 어느 날 저녁, 원장에게서 카카오톡 하나가 날아옵니다. "감수위원님, 오빠분 오늘 저녁으로 치킨 먹었네요. 오늘 서울 강서구 근처에 가셨었죠?"

저는 오빠와 실시간으로 문자를 주고받지 않기에 이런 내용에 대해 전혀 모르고 있었습니다.

더욱더 놀라운 건, 오빠가 직장 상사와 무슨 대화를 나누는지 까지도 아주 정확하게 알고 있었습니다. "오빠분 오늘 전 회사 팀장님 만나셨죠?" 어디에 가는지, 누구와 어떤 대화를 하는지 원장은 너무 속속들이 잘 알고 있었습니다. 이렇게 안면도 없는 사람이 자신의 사생활에 대해 잘 알고 있으면 그 누가 좋을까요? 게다가 오빠는 사생활을 굉장히 중요시 생각하고, 보안에 철저한 사람입니다. 당연히 이 일에 대해 적지 않게 당황했습니다. 너무 당황한 나머지 자동차 카 센터로 달려가 꼼꼼하게 검사를 받게 됩니다. 아버지와 마찬가지로, 자동차에는 아무런 위치 추적 장치나 도청 장치가 없다는 말만 듣게 됩니다. 몇 번이고 카 센터도 가 봤고 휴대 전화 공장 초기화도 해 봤지만 달라지는 건 없었다고 합니다. 더욱 놀랍고, 무서운 사실은 이렇게 하면 할수록 원장의 폭주는 더욱 심해졌다고 합니다.

어떻게 했냐 하면, 어느 날은 오빠가 자동차 주차를 해 놓고 약 5분 남짓 자리를 비웠답니다.

그런데 이게 무슨 일일까요? 자동차 바퀴에 못이 박혀 있었답니다. 물론 운전하다가 길에서 박힌 못일 수도 있습니다. 하지만 그렇다기엔 오빠는 차를 10년 넘게 운전하며 다니면서 이런 일이 단 한 번도 없었습니다. 사실 자동차 바퀴에 못이 박힌 일은 이번이 처음이 아니랍니다.

한창 전화 테러가 일어날 무렵, 그때도 이와 똑같은 일이 두어 차례 있었습니다. 타지에 거주하는 상황이고, 부모님께서 염려하실까 말하지 않았다고 뒤늦게 그 사실을 저에게만 털어놓았습니다. 오히려 날이 가면 갈수록 원장의 테러와 협박은 더욱더 심해져 갔습니다. 이젠 국제 카드 발급까지도 서슴지 않습니다. 일을 마치고 돌아오신 아버지의 낯빛이 참으로 어둡습니다. "아빠 무슨 일 있어요?" "이젠 원장이 국제 카드 발급까지 하는구나. 한번 알아봐야겠다." 점심시간에 아버지께 국제 카드가 발급되었다고 문자메시지가 왔답니다. 이를 수상히 여긴 아버지께서 직접 고객센터에 연락해 보셨답니다. 즉, 문자가 온 그 번호로 연락하신 게 아니라 주거래 카드 고객센터로 연락하신 겁니다.

"제 명의로 카드 발급된 게 있나요?"

"없습니다. 혹시 몇 번으로 문자가 왔나요?"

너무 다행입니다. 그 문자는 사실이 아니었던 겁니다. 사실이 아님을 알게 되신 아버지는 안도의 한숨을 쉬었습니다. 만일 이마저도 사실이었으면 어떻게 되었을까요? 아버지는 지금도 그 일을 생각하면 오금이 저리고 소름이 돋는다고 하십니다. 이쯤에서 한 가지 사실을 짚고 넘어가자면 원장은 한국에 있습니다. 저랑 한창 대화하며 지내던 시절, 본인이 송파구에 거주한다며 장성한 아들도 있다고 말한 적이 있습니다. 그가 한국에 있다는 증거 중의 하나는 앞서 말했듯 하루에도 많게는 25개씩 퀵 서비스를 보낸다는 것입니다. 퀵 서비스의 대다수가 원장이 말한 주소인 서울시 송파구로 가는 거였습니다. 본문에서도 자세히 언급했지만, 다시 짧게 요약해 보자면 다이어트약이나 통장을 보내란 내용이 허다했습니다. 그 당시에 우리 집에는 경찰이 항상 상주하다시피 했습니다.

그렇지 않은 날에도 경찰차가 수시로 왔다 갔다 하곤 하였습니다. 항상 숨어서, 퀵 서비스 기사가 오나 안 오나 지켜보고 있었던 것입니다.

경찰에게 한 가지 고맙게 생각하는 점이 있습니다. 그것은 바로 아버지께서 퀵 서비스가 왔다고 비밀리에 상주해야 할 것 같다고 신고하면 신고한 지 3분도 안 되어 출동하곤 했습니다. 간혹 가다가 행패를 부리거나, 퀵 서비스 비용을 요구하는 퀵 서비스 기사에게는 경찰이 잘 달래서 보내곤 했습니다. 그리고 연로하신 아버지께서 파출소에 가셔서 퀵 서비스에 대해 자초지종을 설명하실 때면 항상 "경찰서에 가서 꼭 신고하세요."라는 따뜻한 조언을 아끼지 않으셨습니다. 또한 현재 겪는 일에 대해서도 많은 걱정을 해 주셨다고 합니다.

4장 산산조각 난 가족들의 꿈

독자 여러분께서도 아시겠지만, 원장은 절대로 해외에 있는 게 아닙니다. 이렇게 자신의 정체를 철저하게 은폐하기 위해 IP를 해외로 우회했던 겁니다. 그렇게 해서 저와 가족들을 괴롭히는 것입니다. 그렇다면 그는 우리 가족에게 무슨 원한이 있어서 이렇게 저와 가족들을 3년간 맴돌며 이렇게 악질적으로 괴롭히는 것일까요? 이것 역시 아직도 풀리지 않는 의문점입니다. 그날 이후로도 아버지께는 몇 차례나 더 국제 카드가 발급되었다는 허위문자가 왔습니다. 아마 몇백 차례는 될 겁니다. 문자를 받으실 때마다 소스라치게 놀라신 아버지께서 카드사 고객센터에 전화 연락을 해 봤습니다. 불행 중 너무나도 다행스럽게도 그것은 허위문자였습니다. 그러던 어느 날, 아버지께 문자 한 통이 날아옵니다.

26.

악의 축에 들어간 개인정보

"국제 발신 심규철 님 국제 카드 92만 원 사용 연락 요망"

"국제 발신 심규철 님 국제 카드 92만 원 사용 연락 요망."이라는 문자가 날아왔고 아버지는 이 문자가 온 사실을 오빠에게 전합니다. 오빠는 문자가 온 번호가 아닌 주거래 카드사에 바로 연락했다고 합니다. "제 명의로 국제 카드가 발급되었다고 해서 연락드렸습니다. 카드가 발급된 사실이 있나요?" "네 있습니다. 해외에서만 사용할 수 있는 카드입니다. 아버지 휴대 전화로 날아온 문자는 사실이었던 것입니다. 오빠는 원장이 사용한 카드 대금 92만 원을 납부하고 해지했답니다. 사실, 국제 카드가 발급되었다고 문자가 온 것은 이번이 처음이 아닙니다. 저번에도, 지지

난번에도 일주일에 한 번꼴로 매일 오는 문자입니다. 당시에는 카드사에 확인을 해 보니 사실이 아니었던 것이었습니다. 원장은 이 허점을 노린 것일까요? 돈이 된다고 하는 것은 영혼까지도 갉아먹는 그입니다. 본론으로 돌아가, 오빠는 이 일을 당한 후 금융권에 개인정보 노출자로 등록하게 됩니다. 즉, 대면 거래 외에는 아무것도 할 수 없게 막아 놓은 것이지요. 사실 금융거래 노출자로 등록한 건 오빠뿐만이 아니라 우리 가족 모두 다 등록해 뒀습니다. 그의 범행에 어머니는 하루아침에 신용불량자로 전락하게 되고 맙니다. 그의 범행은 이게 끝이 아니었습니다.

어느 날, 사랑의 장기 기증 운동 본부란 곳에서 아버지 이름으로 우편물이 오게 됩니다. 이를 받아 본 아버지는 세상 살면서 이런 우편물은 처음 받아봤다고 하십니다. 아버지는 손을 부들부들 떨며 우편물을 개봉하게 됩니다. "세상 살면서 이런 우편물은 처음 받아 본다."

사랑의 장기 기증 운동 본부로부터 우편물을 받으려면 휴대 전화 인증을 해야 합니다.

하지만 아버지께 여쭈어보니 인증이 왔던 사실도 없고, 인증을 해 준 사실도 없다고 합니다.

그러면 그 우편물은 어떻게 올 수 있었을까요? 앞서 말했듯 원장은 아버지의 휴대 전화를 자신의 전화기인 양 마음껏 주무릅니다.

아버지께서 잠깐 휴대 전화를 켠 틈을 타서, 원장이 원격제어 한 후 문자함을 열어 본 것이라고 할 수 있습니다. 또한 해당 문자도 모두 지운 겁니다. 더욱 놀라운 것은 이런 일은 아버지께만 있었던 게 아닙니다. 타지에 사는 오빠도 똑같은 우편물을 받았고, 하루에 수도 없이 매일 왔다고 합니다. 처음에는 잘못 온 거겠지 하고 무시했답니다. 그러나, 이러한 상황이 지속되자 우편물을 뜯어봤는데 내용은 경악을 금치 못하였답니다. 내용은 즉 가까운 사랑의 장기 기증 운동 본부로 가서 장기 기증 동의서를 작성하라는 내용이었습니다. 오빠의 휴대 전화도 아버지의 휴대 전화처럼 악마의 손아귀에서 놀아난 것입니다. 당시에 오빠는 영업직에 종사했기에, 아버지와 마찬가지로 휴대 전화가 삶의 동아줄 역할을 했습니다. 그렇기에 항상 켜 놓고 있었고, 그는 오빠의 전화기를 제 손아귀에 넣곤 제 전화 주무르듯 한 것입니다. 어떻게 남의 전화기를 제 전화 주무르듯 했는지는 지금까지도 의문으로 남아 있습니다. 그것은 앞으로 독자 여러분과 함께 풀어나가야 할 숙제라고 생각합니다. 하필 그 당시에 아버지께 간 기증 센터, 신장 이식 센터로부터 전화도 하루에 수도 없이 걸려 왔습니다. "신장 기증 신청하셨지요?" "아닙니다."

아버지께는 전화로 이런 연락이 수도 없이 옵니다. 또한 오빠는 메일과 전화로 하루에도 여러 번 장기 기증 관련 연락을 받았다고 합니다. 1편에는 박본관의 소행인 줄만 알았는데 알고 보니 이는 원장의 소행이었던 것입니다. 그렇다면 원장, 그는 우리 가족들의 장기까지도 노리고 있었던 것일까요? 하도 답답한 나머지 오빠는 다시 경찰서를 방문합니다. 매사 꼼꼼한 성격을 소유한 오빠는 원장에 대한 증거물을 하나하나 모아두고 있다고 했습니다.

그러곤, 100장이 넘는 증거물과 함께 경찰서에 방문하게 됩니다. "저 진정서 좀 작성하러 왔습니다. 불안해서 일을 할 수가 없어요." "진정서 양식 있으니 여기에서 작성하시고, 며칠 뒤 담당 수사관 배정되니 그때 상담 받으시면 돼요."

경찰의 말은 참으로 한결같았습니다. 당시에 오빠는 원장의 인적 사항에 대해 아는 게 아무것도 없었기에 고소장이 아닌 진정서를 작성하였습니다. 그로부터 며칠 뒤 담당 수사관이 배정되었다는 연락을 받았다고 합니다. 불행 중 다행으로, 이번 수사관은 사건에 관심이 많아 보였고, 연락도 잘 되어서 '이 사건을 해결해 주겠다.' 하는 믿음이 있었답니다.

한동안은 수사관과 연락도 잘 되고, 수사 상황 보고도 잘해 주고 나름대로 최선을 다하는 모습을 보였답니다. 당시에 썩은 지푸라기라도 짚고 싶은 심정인 오빠는 한동안 그 수사관 하나만을 믿고 기다렸습니다. 그 소식을 듣기 전까진 말입니다.

어느 날, 일을 마친 오빠는 경찰서 담당 수사관에게 연락 한 통 받게 됩니다.

"사건에 대해 논의할 게 있으니 목요일 오전에 경찰서에 방문해 주세요." "제가 바쁘니까 전화로 말씀하시죠. 범인은 잡혔나요?" "전화로 할 일이 아닙니다. 경찰서로 나와서 대화 나눠야 합니다." 당시에 궁금한 마음 반, 긴장 반이었답니다. 항상 가족들을 범인으로 지목하던 경찰, 이번엔 다를까 했습니다. 그 수사관만을 의지하고 있었던 오빠는 저에게 이렇게 문자를 합니다. "이번 목요일은 원장 검거하는 날이다. 내 동생 누명 꼭 벗게 해 줄게."

그렇게 기다리던 목요일이 다가왔고, 수사관과 만나기로 한 약속 시간입니다. 하필 그날, 담당 수사관은 다른 민원인이 있어서 약 10분 늦게 만날 수 있었다고 합니다. 수사관의 말은 뜻밖이었습니다.

27.

가족들의 짓이라고요?

"이거 가족들이 하는 짓이에요.
협박 메일 보낸 것 중 하나가 집 쪽에서 IP가 잡혀요."

"이거 가족들이 하는 짓이에요. 협박 메일 보낸 것 중 하나가 집 쪽에서 IP가 잡혀요."
"저희 부모님은 인터넷 하실 줄도 모르고 제 동생은 그런 애가 아니에요. 수사관님이 뭔가 오해가 있으신 거 같아요." 수사관과 오빠의 대화는 이런 식으로 약 두 시간 정도 오갔다고 합니다. 결론적으로 고소 취하서를 작성하고 경찰서를 나와야만 했답니다. 그날 이후로 오빠는 생각이 참으로 많아졌답니다. 이 사건이 언제나 끝날까, 언제나 우리 가족이 마음이라도 편안하게 살 수 있을까 하는 고민이 많아졌습니다. 그 때문에 밤잠 이루지 못하는 하루하루를 보냈다고 합니다. 이 사실을 아신 부모님도 걱정이 많아지시긴 마찬가지였습니다.

"원장 그놈이 잡혀야 내 딸이 편하게 살 수가 있는데."

맞습니다. 저는 그 때문에 휴대 전화도 못 켠 채 불편한 삶을 살아가고 있었습니다.

어머니께서는 노상, "그놈 잡히면 휴대 전화 마음껏 봐라." 하시던 분입니다. 이제 당분간 원장 검거는 물 건너갔으니, 실망하신 기색이 역력합니다. 불행은 여기에서 끝이 아닙니다. 누구도 예상하지 못할 일이 9월의 어느 날 오후에 발생하게 됩니다. 업무를 마치고 돌아오신 아버지의 표정이 무겁습니다. 손에는 우편물 하나를 쥐신 채로요. "아빠, 손에 든 우편물 뭐예요?" "원장 그놈이 아빠를 잡아먹으려고 하는구나. 이제는 보험 약관 대출이다."

이 이야기 역시 1편에는 박본관의 소행이라고 잠깐 작성한 적 있습니다. 뒤늦게 밝혀진 사실이지만 이 역시 원장의 소행이었습니다. 저는 보험 약관 대출이란 게 존재한다는 사실도 모르고 있었습니다. 컴퓨터나, 휴대 전화를 일절 사용하실 줄 모르는 부모님은 더더욱 그러하셨습니다. 우편물을 받으신 아버지는 낯빛이 어두워지더니 털썩 주저앉으십니다.

그러고는 우황청심원을 찾으시더니 "우리 집은 이제 끝났다."라고 말씀하십니다. 크다면 크고 작다면 작은 액수이지만, 그 돈은 아버지의 생명줄이었습니다. 사실, 아버지는 자신이 어떤 보험을 가지고 계신지도 자세히는 알지 못하는 분이십니다. 매달 보험료가 통장에서 출금되기에 대략적으로는 아시지만 하나하나 낱낱이 알지는 못하셨습니다. 그래서 원장이 대출받은 K사에 보험이 있는지조차 까맣게 잊어버리고 사셨습니다. 정신을 차리신 아버지는 곧장 보험사에 연락하셨고 상담원 연결을 하십니다. "제 명의로 보험약관대출이 나가서 그런데 이거 대출 받은 연락처 좀 알 수 있을까요?" 아버지의 손은 파르르 떨렸습니다. "010-5XXX-XXXX입니다."

이 번호는 아버지께서 사용하시는 연락처가 아닙니다. 너무 놀란 아버지께서 직접 연락해 보시니 없는 번호란 말만 나옵니다. 그 연락처는 누가 사용하던 것일까요? 아직도 의문점으로 남아 있습니다. 원장의 연락처를 대라면 수도 없이 많습니다. 당시에, 하루에 걸려 오던 전화만 해도 거의 수백 통이 넘었습니다. 여기엔 특이한 점이 하나가 있습니다. 바로 타지에 거주하는 오빠의 뒷번호를 이용해서 전화번호 여러 개를 생성한다는 것입니다. 전화만 오는 것이 아니라, 협박 문자도 수도 없이 옵니다. 전화기를 켜놓고 살 수가 없을 정도이고, 일상생활조차 이어갈 수 없을 정도입니다. 이젠 전화벨 소리만 울려도 심장이 쿵쾅쿵쾅 요동을 칩니다. 어느 날은 오빠의 뒷번호를 이용해서 아버지께 이러한 내용의 문자가 전송됩니다.

5장

꼬리에 꼬리를 무는 악행

28.

실체를 드러낸 그

> "나 박본관인데, 네 딸이 집에 있는 가산을 다 탕진해서
> 규철이가 국문학과에 못 갔다."

"나 박본관인데, 네 딸이 집에 있는 가산을 다 탕진해서 규철이가 국문학과에 못 갔다." "규철이가 그 집이랑 당장 연 끊고 싶은데, 불쌍해서 이어 가는 거다." "나 박본관인데, 돈 당장 보내라." "은행에 가면 네 집 열쇠공 불러서 문 따고 들어간다."

이런 내용은 서막에 불과하고 생명의 위협을 느낄 정도로 극악무도한 협박 문자도 전송되었습니다. 1편에서 이런 협박 문자는 박본관이 보낸 것이라고 했으나, 후에 알아보니 이 역시 원장의 소행이던 것이죠. 그에

따른 증거는, 원장은 이 모든 번호를 알고 있었습니다.

또한, 자신도 피해자라고 합니다. 똑같은 번호로 문자를 받았다고 하니 그가 빼도 박도 못하는 협박 문자의 범인인 것입니다. 이는 저에게 지금까지도 증거로 남아 있습니다. 한 가지 놀라운 사실이 또 있기를 그는 오빠의 모든 걸 알고 있었습니다. 저도 뒤늦게 알게 된 내용인데, 오빠의 생일마다 어머니께서 금반지 한 돈씩 해 주셨답니다. 어느 금요일, 이 문자를 받고 저는 놀라 나자빠지지 않을 수 없었습니다.

"규철이 생일 때마다 어미가 금반지 해 줬다는데 그걸 동생이란 것이 싹 팔아먹었다며?"

이 내용은 사실이 아니었습니다. 저는 어머니가 오빠 생일 때마다 금반지를 해 줬단 사실을 최근에야 알았습니다. 희한하게도 원장은 이 사실을 저보다도 먼저 알고 있었습니다. 오빠의 금반지와 관련하여 협박 문자를 아버지께 몇 번이나 보냈는지 모릅니다. 놀라움은 여기에서 끝이 아니었습니다. 원장은 오빠의 속마음까지 꿰뚫고 있는 듯했습니다.

"아니 규철이가 아버지 사업 도와드리기 싫다는데 그걸 왜 자꾸 끌어들이려고 해. 아버지 사업이라면 아주 징글징글하단다."

하지만 이건 사실이 아니었습니다. 오빠는 아버지 사업을 직접 나서서 도와준 적도 없고, 기껏해야 블로그로 홍보를 해 준 게 전부입니다. 직접 도와주진 않지만, 오빠는 아버지 사업에 대해 걱정을 많이 해 주곤 했습니다

다. 타지에 살지만 때때로 전화로 "아버지 혼자 일하시는데 힘드셔서 어떻게 해요? 제가 도와드릴까요?"라고 아버지께 항상 물어보곤 했습니다.

시간이 없어서 직접 도와주진 못했지만, 아버지 사업에 관한 관심은 있었었습니다. 지금에 와서 생각해 보니, 그는 가족들과 오빠가 멀어지게 하려고 일부러 훼방을 놓는 것이었습니다.

하나 더 덧붙이자면 오빠가 아버지의 사업을 직접적으로 도와드리진 않았습니다. 그렇지만 항상 관심을 두고, "이제 연세도 드셨고 그동안 고생하셨는데 좀 쉬시지요."라고 말하는 그런 사람입니다. 또한, 오빠 주위에 있는 그 어떤 사람에게도 "나 아버지 사업 도와주기 싫다."라고 속마음을 내비칠 사람도 아닙니다. 하지만 너무 이상하게도, 원장은 오빠의 끝 번호를 항상 이용했고, 모든 협박의 중심엔 오빠가 있었습니다. 그 하나 때문에 오빠와는 자연히 멀어지게 되었고 이젠 마치 이산가족과 같이 지내는 처지가 되었습니다. 그러던 어느 날, 오랜만에 오빠가 집에 왔습니다. 힘든 상황 가족들끼리 똘똘 뭉쳐야 일이 잘 풀릴 거라고 믿고 있었습니다.

"우리 아들, 오랜만에 집에 왔어? 엄마가 육개장 해 줄게." 때마침 저의 집은 육개장을 먹었습니다. 당일 아침저녁 두 끼 정도입니다. 그날은 포근한 어머니의 품처럼, 뭉게구름이 두둥실 떠다니는 날 이었습니다. 오랜만에 집에 온 오빠는 집에서 떠나기 아쉬운 눈치였습니다. 그래도 타지에서 일을 하던 오빠는 생계를 위해 다시 돌아가야 했습니다. 오빠가 돌아가고 며칠 뒤, 원장에게서 협박 문자가 옵니다. "아니 아들이 오랜만에 갔는데 겨우 육개장이야. 그것도 5일 동안 육개장만 해 줬다며?" 사실, 실제 받은 협박 문자는 이보다 더 가관이었고 어머니에 대한 험담 및 욕설도 서슴지 않았습니다. 이를 본 어머니는 그 자리에서 땅바닥에 털썩 주저앉고 맙니다. 앞서 말했듯, 육개장을 5일간 먹었던 사실도 없습니다. 그렇다면 저 말은 누가, 어떻게 지어낸 말일까요? 문자가 온 번호는 더욱더 놀라웠습니다. 그 이유는, 오빠가 바로 이전에 사용하던 번호의 뒷번호였기 때문이지요. 그 일이 있고 난 뒤, 몇 년이 지나도 어머니는 육개장을 다시는 하시지 않았고, 그 이야기만 나와도 손사래를 칠 정도입니다. 오빠가 과거 이용하던 연락처의 뒷번호로 문자가 온 것은 이게 끝이 아닙니다. 그날은 아버지께서 몹시 바쁘신 날이었습니다. 일을 마치시고, 다른 볼일도 보시느라 여기저기 다녀야 하는 그런 날이었지요.

그때 아버지께 문자 한 통이 전송됩니다.

"규철이 동생은 바보천치라 규철이 없인 아무것도 못 한다며, 규철이가 그 동생 당장 손 떼려 했는데 불쌍해서 못 버리고 있는 거다. 고마운 줄 알아라."

이 문자가 한 통이 온 게 아닙니다. '규철이 동생은 바보 천치니까 아무것도 못 해.'란 문자가 아버지 휴대 전화로 수도 없이 왔답니다. 이를 본 아버지는 화가 나서 타지에 사는 오빠에게 바로 전화를 거십니다.

"너, 네 동생 이야기를 어떻게 하고 다니길래 아빠에게 이런 문자가 오니? 처신 잘하고 다녀라."

"아버지, 저는 동생 이야기 사람들에게 안 하고 다녀요."

그렇습니다. 오빠가 가족 이야기를 누군가에게 하는 성격도 못되고 저 문자는 사실이 아닙니다. 외람된 이야기이지만, 저는 딱히 오빠의 도움을 받아 본 기억도 나지 않습니다. 가끔 제가 힘든 처지에 처했을 때 따뜻한 조언을 해 주는 등의 도움은 받은 적 있지만요. 아버지께 저 이야기를 들으니, 머리가 조이듯 아파지기 시작했습니다.

그리고 머릿속에는 이런 생각이 문득 스쳐 갑니다. 원장이 우리 오빠에게 무슨 불만이 있어서 저러지? 원장과 오빠는 모르는 사이인데…. 왜 오빠 뒷번호로 협박 문자를 보내지? 이런 생각이 꼬리에 꼬리를 물었습니다.

이상한 일은 이것뿐만이 아니었습니다. 조금 전에 문자가 온 번호로 전화를 걸어 보면 "지금 거신 번호는 없는 번호이니 다시 확인하시고 걸어 주시기를 바랍니다."라는 말만 나올 뿐입니다. 즉, 원장이 인터넷을 통해 오빠 뒷번호를 딴 휴대 전화번호를 무한정으로 생산하고, 없애고를 반복하는 것입니다.

29.

확장되어 가는
그의 폭주

"너같이 부족한 것들은 세상 살 필요가 없어.
그러니까 약 먹고 당장 뒈져."

그의 폭주는 저에게로 이어졌고 그만큼 협박의 강도도 높아졌습니다. 그날은 아버지께서는 아침 일찍 멀리 일 나가시고, 어머니와 단둘이 있는 날이었습니다. 어머니와 TV 시청도 하면서 이야기도 하고 재미있는 오후 시간을 보내고 있었습니다.

이때 원장에게 오빠 뒷번호로 문자 한 통이 도착합니다. "너같이 부족한 것들은 세상 살 필요가 없어. 그러니까 약 먹고 당장 뒈져." 이번에는 오빠가 한참 전에 사용하던 뒷번호를 딴 연락처로 문자 한 통이 왔습니다. 옆에 계시던 엄마께선 이렇게 말씀하십니다. "딸아, 신경 쓰지 마! 쓰레기들이 하는 짓이야."

엄마께서는 겉으론 이렇게 말씀하셨습니다. 하지만 속으로는 저보다도 더 많은 신경을 쓰고 계셨습니다. 이 문자는 이번에 한 번 온 게 아닙니다.

"너같이 부족한 거 이 세상 살면 부모님 짐이고 오빠 짐이야. 당장 뒈져라."

이런 문자가 제 휴대 전화로 수도 없이, 셀 수도 없이 많이 왔습니다. 내용은 저더러 이 세상 살지 말고 죽어라, 라는 내용 모두 똑같았고 마치 무언가를 은폐하려는 것 같았습니다. 지금에 와서 생각해 보니 그렇습니다. 그는 자신이 저지른 범죄 행위를 은폐하려 저에게 저런 무차별적인 폭언을 퍼부었던 것입니다. 더 길게 이야기하지 않아도 그 뒷이야기는 독자 여러분께서 아실 거로 생각하고 생략하겠습니다. 이런 문자를 받고 난 뒤 우리 가족은 창살 없는 감옥살이를 해야만 했습니다. 밤에도 불을 켜고 자야만 했고, 그렇게 지옥살이는 계속 이어져 나갔습니다. 저는 2년이란 긴 시간 동안 "지금 당장 죽어."라는 협박 문자에 시달려야만 했습니다. 지금에 와서 생각해 보면 제가 살아 있다는 것 자체가 신기할 정도입니다. 저뿐만 아니라 우리 가족은 다 그렇습니다.

[상상의 날개를 마음대로 펼치지 못하고, 마음먹은 대로 행동하지 못하는 사람은 참 불행한 사람입니다. 창살 없는 감옥에 갇혀 있는 듯, 갑갑하고 스트레스가 쌓이며 심한 우울감에 빠져듭니다. 자유롭게 생각하고, 생각하는 대로 행동하고 싶은 것이 인간의 본성이니까요.

우리의 마음과 행동이 타인이나 이질 집단에 의해 제약을 받을 땐 과감한 투쟁을 하여 자유를 쟁취하는 것이 인류의 역사였습니다. 인류의 궁극적인 희망은 자유입니다.]

밤에도 불을 켜고 자야만 했고, 잠깐 병원에 가는 것도 집 앞에 나가는 것도 우리 가족에겐 남의 나라 일이었습니다. 그의 협박은 강도가 더 높아졌고, 다시 협박과 폭언은 아버지를 향했습니다. "규철이는 아빠 뒈져도 눈 하나 깜빡 안 할 거 같단다. 지가 돈 벌어서 할 효도 다 했고, 그놈의 잔소리는 왜 이리 심하게 하는지 징글징글하단다."

그날은 아버지께서 멀리 일을 가신 날이었습니다. 날씨는 마치 화난 시어머니의 표정과 같이 구름이 잔뜩 끼어 있었습니다. 일을 하시던 도중, 아버지의 휴대 전화로 문자 한 통이 도착합니다. 그 문자를 확인하시곤 아버지께서는 바로 타지에 거주하는 오빠에게 전화를 겁니다.

그때 날씨만큼이나 아버지께서는 화가 머리끝까지 나셨습니다. 저 문자는, 아버지의 목숨까지도 위협하는 문자임이 확실하기 때문이죠.

"아빠다. 너 아빠 얘기를 어떻게 하고 다니는 거니?" "저 사람들에게 아버지 얘기한 적 없어요." 이렇게 가족 간의 불신은 날이 가면 갈수록 깊어져만 갔습니다. 부모님과 오빠가 서로 남남으로 지내게 만드는 게 원장의 목적이었을까요? 이상하게도 모든 협박 문자는 오빠가 과거 사용하던 뒷번호로 도착했습니다. 협박 문자의 내용 또한 오빠를 향하고 있는 게 참 많았습니다. 하지만 그가 하는 건 협박만이 아니었습니다. 원장은 아버지 증권사 계좌며, 보험사까지도 모두 꿰뚫고 있었습니다. 또 어느 날은 저에게 이런 문자가 도착합니다. 문자의 내용은 이렇습니다.

30.

가스라이팅이
시작되었습니다

"네 아버지 K사 보험 2025년에 만기더라.
이거 스무 차례 넘게 부어야 찾을 수 있다던데
네가 네 아버지 돈 다 날려 먹어서 이거 찾을 수나 있겠냐?"

"네 아버지 K사 보험 2025년에 만기더라. 이거 스무 차례 넘게 부어야 찾을 수 있다던데 네가 네 아버지 돈 다 날려 먹어서 이거 찾을 수나 있겠냐? 어려서부터 가산탕진을 했는데 어떻게 이걸 찾아?" 아버지는 이런 보험이 있는 줄도 모르고 계셨습니다. 이 일이 터지고 뒤늦게 말씀한 사실이지만 아버지는 지인을 통해 보험에 가입하셨습니다. 따라서 본인도 어디 보험에 가입했는지 정확하게는 모르신답니다. 단지 이자가 아버지의 통장에서 출금되기에 그 금액을 보고 아시는 거지, 정확하게 어떤 보험에 가입되어 있는지는 모르셨습니다.

유독 그는 아버지의 통장과 보험금 등 아버지의 생명과도 직결되게 하는 문제에 관심이 많았습니다. 1편에서 박본관이 다음과 같은 문자를 보냈다고 쓴 적이 있습니다.

"네 아버지 통장에 있는 돈 다 빼서 충격으로 돌아가시게 할 거다." 알고 보니 이 문자는 박본관이 보낸 게 아닌 원장이 보낸 것이었습니다.

원장은 아버지 본인보다 금융 사정에 대해 더욱 자세히 알고 있었습니다. 그걸 또 저에게 고스란히 전송해 주었습니다. 항상 돈에 대한 협박 문자가 올 때면 공통점이 하나가 있습니다. 바로 제가 아버지의 돈을 날려 먹어 집안이 어렵게 됐다, 오빠가 부모님께 용돈을 두둑하게 드렸는데 제가 그 돈을 다 탕진했다, 이렇듯 돈에 대한 건 다 저를 향하고 있었습니다. 그러한 협박 문자를 받을 때마다 어머니께선 가슴을 치셨고 혼자 옥상에 가서서 담배를 태우시곤 했습니다.

독자 여러분께서도 아시겠지만, 저 문자는 사실무근임을 알려 드리겠습니다.

여기에서 더욱 놀라운 건 과거에 저희 부모님이 어떠한 사업을 했는지 너무나도 잘 알고 있었습니다. 마치 스토커처럼 말입니다. 몇십 년 전 어머니께서 한 달 정도 사업을 하신 적이 있습니다. 당시에 저는 너무 어려서, 어머니 사업장에 가 본 일이 없었습니다. 또한 정확히 어디에 자리 잡고 있는지도 모릅니다. "야, 네 엄마 ㅇㅇ 동에서 ㅇㅇ 장사했더라?"

이렇게 저보다도 더 잘 알고 있었고, 업종이 무엇인지, 언제부터 언제까지 사업을 했는지까지 꿰고 있었습니다. 휴대 전화를 켜고 있어도, 끄고 있어도 상황은 똑같았습니다. 저와 부모님은 아침에 눈을 뜨는 순간부터, 잠자리에 드는 순간까지 원장에게 시달려야만 했습니다.

항상 불안 속에서 살아야만 했습니다. 그 시간이 몇 년 단위로 길어지자, 불행의 그림자는 우리 집을 통째로 집어삼켰습니다. 어머니께서는 TV에 웃긴 장면이 나오거나, 집에 조금 좋은 일만 있어도 금세 까르르하고 웃던 분이십니다. 웃음도 많으시고, 말씀도 참 많으셨습니다.

하지만 원장이 이렇게 우리 가족을 괴롭히고, 협박하고, 각종 악행을 일삼고부터 어머니는 웃음을 점차 잃어 가셨습니다. "내일은 또 그놈이 무슨 문자를 보낼지 두렵다." "잠드는 게 무섭다." 잃어 가는 건 웃음만이 아닌 건강마저도 잃어 가셨습니다. 또 이 일로 인해 어머니께서는 신경과 치료를 받는 상황에까지 이르게 됩니다.

[내 이야기라 해서 다 할 것이 못 되고 내가 두 눈으로 본 일이라 해서 다 말할 것 또한 못 된다. 들은 것을 들었다고 다 말해 버리고 본 것을 보았다고 다 말해 버리면 자신을 거칠게 만들고 나아가서는 궁지에 빠지게

한다. 현명한 사람은 남의 욕설이나 비평에 귀를 기울이지 않으며 또 남의 단점을 보려고도 않으며 남의 잘못을 말하지도 않는다. 모든 화는 입으로부터 나온다. 그래서 입을 잘 지키라고 했다. 맹렬한 불길이 집을 다 태워 버리듯이 입을 조심하지 않으면 입이 불길이 되어 내 몸을 태우고 만다. 입은 몸을 치는 도끼요. 몸을 찌르는 칼날이다. 내 마음을 잘 다스려 마음의 문인 입을 잘 다스려야 한다. 입을 잘 다스림으로써 자연히 마음이 다스려진다. 앵무새가 아무리 말을 잘한다고 하더라도 자기 소리는 한마디도 할 줄 모른다. 사람도 아무리 훌륭한 말을 잘한다고 하더라도 사람으로서 갖추어야 할 예의를 못 했다면 앵무새와 그 무엇이 다르리오! 세 치의 혓바닥이어서 자의 몸을 살리기도 하고 죽이기도 한다.]

　원장의 거짓말과 폭언 때문에 우리 집은 단 하루도 조용한 날이 없었고 가족들 간에는 서로를 의심하며 지낼 수밖엔 없었습니다. 가족들 간에 다시 예전처럼 아끼고, 사랑하며 지내는 방법에는 한 가지 선택지만이 있었습니다.

　바로 원장, 그가 검거되는 일 그것만이 이 불행에서 빠져나가는 유일한 돌파구였죠.

　[행복한 삶이란 나 이외인 것들에게 따스한 눈길을 보내는 것입니다. 우리가 바라보는 밤하늘의 별은 식어 버린 불꽃이나 어둠 속에 응고된 돌멩이가 아닙니다. 별을 별로 바라볼 수 있을 때 발에 챈 돌멩이의 아픔

을 어루만져 줄 수 있을 때 자신이 잃어버린 것이 무엇인지 깨달았을 때 비로소 행복은 시작됩니다. 사소한 행복이 우리의 삶을 아름답게 만듭니다. 몇 푼의 돈 때문에 우리가 누릴 수 있는 작은 행복들을 버리는 것은 불행을 향해 달려가는 것과 같습니다. 하루 한 시간의 행복과 바꿀 수 있는 것은 이 세상에 아무것도 없습니다.]

 그는 그렇게 우리 가족이 행복하게 똘똘 뭉쳐 사는 게 배가 아팠던 것일까요? 풍족하진 않아도 그가 나타나기 전까진 돈 걱정 없이, 근심, 걱정 없이 가족들과 대화도 잘 나누며 행복한 나날을 보냈었습니다. 그가 나타난 뒤 가족들은 항상 마음 졸이며 하루하루를 불안 속에 살아가게 됩니다. 심장은 항상 두근두근 요동을 쳤고, 불안한 나날의 연속이었습니다. 하루가 다르게 부모님의 건강은 쇠약해져만 갔습니다. 원장도 그 사실을 아는 것일까요?
 그의 괴롭힘은 이제 극에 달하고, 저희 집안은 풍비박산 남과 함께 가족 간의 신뢰는 마치 깨진 유리조각과 같이 산산조각 났습니다. 여기에서 한 가지 의문점이 남게 됩니다.
 원장, 그는 어떻게 우리 가족의 모든 것을 알 수 있었을까요? 부모님께서 휴대 전화를 끄고 다니실 때도, 그는 부모님의 모든 동선을 파악하였습니다. 그리고 누구를 만나 무슨 대화를 하는지, 어디에 계시는지까지 다 알고 있었습니다. 위치 추적기도 없고, 도청 장치도 없는데, 우리 가족들의 위치며, 근황들을 어떻게 아는 지는 지금까지도 의문점으로 남아 있습니다.

 아버지께서는 이제 참을 만큼 참으셨고, 큰 결정을 하시게 됩니다. 바로 당분간 외출을 안 하기로 하신 겁니다. 아버지를 찾아 주시는 고마운 분들의 전화도 받지 않았고, 집에만 계셨습니다. 그러곤 이렇게 말씀하셨지요. "원장 그놈이 직접 따라붙는 거 같구나."

 어느 날은 수상함을 감지한 아버지께서는 주위를 다 둘러보고 볼일을 보셨다고 합니다.

원장이 직접 따라붙는다고 하기엔, 주위엔 아무도 없었습니다. 저 먼 발치에도 사람은 보이지 않았습니다. 그렇다면 원장, 그는 누구이고 왜 이렇게 뒤에 숨어서 우리 가족들을 괴롭히는 것일까요? 이상한 일은 여기에서 끝이 아닙니다. 타지에 사는 오빠는 박본관과 원장이 한 패거리임을 강하게 의심했습니다. 그때, 원장 때문에 오빠와는 연락도 거의 하지 않았고 이산가족처럼 지내고 있던 때였습니다. 그날은 어머니께서 유독 많이 편찮으신 날이었고, 그날 오후 오빠에게 전화 한 통이 걸려 왔습니다.

31.

가면을 쓴 그들의 교류

"엄마, 이 사건 박본관이랑도 연관이 되어 있는 것 같아요.
제가 박본관과 통화 좀 해 봐야겠어요."

"엄마, 이 사건 박본관이랑도 연관이 되어 있는 것 같아요. 제가 박본관과 통화 좀 해 봐야겠어요." 엄마와 전화를 끊고 오빠는 박본관과 통화 연결을 합니다. 그가 전화를 받았답니다.

"오랜만이에요. 무슨 일이세요?"
"당신, 왜 이렇게 우리 부모님을 괴롭혀요. 그만 좀 하세요."
"나도 피해자예요. 방송사에 방송 나가서 나도 지금 마녀사냥 당하고,

규철 씨 찾는 전화가 나에게까지 와요. 힘들어서 미치겠어요. 난 그냥 피해자예요. 당신들 조만간 만나서 다 고소하겠습니다." 그의 말에 따르면, 자신도 피해자라고 주장하고 있습니다. 오히려 오빠를 찾는 전화가 자신에게까지 걸려 와 몹시 힘들다고 합니다. 이는 우연의 일치일까요? 박본관과 통화를 하면 꼭 이상한 일이 발생했습니다. "심규철 씨 휴대 전화 되시나요? 여긴 봉안당입니다." "여긴 폐차장인데." 업종을 가리지 않고, 오빠를 찾는 광고 전화가 하루에도 수도 없이 걸려 왔습니다. 오는 건 광고 전화만이 아니었습니다. 급기야 국제 전화 국제 문자도 빗발쳤습니다. 한두 통 오고 마는 게 아닌 휴대 전화를 작동할 수 없을 정도였다고 합니다. 앞서 말했듯 박본관은 스토킹 등의 범죄 행위로 벌금형을 선고받았다고 전해 들었습니다. 때마침, 아버지께선 1원 스토킹 건에 대해 경찰서에 고소를 준비하고 있었지요. 아버지 통장에 찍힌 모든 내용도 그를 가리키고 있었습니다. 1편에 그는 돈에 목숨 거는 사람이라고 간략히 작성한 적이 있습니다.

실제로 아버지 통장에 찍힌 모든 내용도 돈에 관한 내용이었고, 그 내용은 오빠를 향해 있었죠. '네 아들은 바보 천치니 아버지인 네가 갚아라.' '내 돈 87만 원 내놔.' '1억 반띵하자.' 이렇게 모든 정황상 박본관을 가리키고 있었습니다.

하지만 그 문자를 그가 전송했다는 뚜렷한 물증은 없었습니다. 따라서 아버지는 하는 수 없이 고소장이 아닌 진정서를 제출하게 됩니다. 시일이 오래 지나, 아버지께서는 은행에 재방문하셔서 해당 날짜 거래 명세서를 다시 뽑으셔야 하는 수고로움도 겪으셔야 했지요.

며칠 뒤, 아버지께서 은행 거래 명세서를 뽑으셔서 경찰서에 방문하게 되고 진정서도 작성하셨습니다. "내일모레 정도 담당 수사관 배정되면 아버님께 전화갈 겁니다. 그때 수사관님과 협의로 일정 잡으셔서 방문하면 되세요." 며칠 뒤 수사관이 배정되었고, 아버지께서는 수사관에게 이거 박본관의 소행이니 어서 소환해서 조사하라는 식으로 말씀하십니다.

"수사관님, 이거 박본관이가 하는 짓이에요. 우리 아들도 박본관을 경찰서에 고소했는데 스토킹 등의 혐의로 벌금형을 받았대요."

"상대 계좌 나오게 거래 명세서 다시 떼어 오세요." 아버지께서는 급한 마음에 상대 계좌가 나오게 거래 명세서를 떼시는 것을 깜빡 잊으신 겁니다. 그러곤 다음날 수사관의 요청에 따라, 서류를 다시 뽑아서 경찰서에 제출하시게 됩니다. 담당 수사관은 어디 통장에서 1원이 송금된 건지부터 확인해 본다고 했습니다.

"아버님, 일단은 어디 은행에서 이루어진 것인지 확인하고 박본관 씨 혐의가 맞으면 조사하도록 할게요." 경찰서에서 나오신 아버지의 얼굴이 한결 가볍습니다.

"이번에는 박본관이 혐의 입증하겠구나."

하지만 그 희망은 오래가지 못했고, 진정서를 접수한 뒤 얼마 지나지 않아 수사관에게 전화 한 통이 걸려 옵니다. "아버님, 이거 아버님 증권사 계좌에서 1원씩 입금이 이뤄진 거예요. 지금, 이 상황이면 박본관 씨 소환 조사 못 해요. 제가 지금 통화는 해 보겠는데, 박본관 씨에게 받은 협박이라든가 증거 자료가 없으면 수사 종료할게요."

저에겐 박본관 번호로 온 협박 문자가 두 개가 있었습니다. 곧장 아버지께 증거 자료를 드렸고, 이를 받은 아버지께서는 경찰서에 연락하셨지요.

"박본관이가 우리 딸에게도 협박 문자를 보냈네요."

"지금 제가 통화해 봤는데, 본인은 피해자라는 말만 반복합니다. 아버님께서 박본관 씨하고 통화해 보는 게 좋을 것 같아요." 과거부터 그와 통화하면 전화가 빗발치는 등 이상한 일이 생겨서 아버지는 그와 통화를 하고 싶은 마음이 없었습니다. 그때, 오빠에 이어 아버지께도 이상한 일이 발생하게 됩니다.

봉안당, 대출업체, 학원, 폐차장, 업종을 가리지 않고 광고 전화가 빗발쳤습니다.

빗발치는 건 광고 전화뿐만이 아니라 인증 문자와, 국제 전화도 마찬가지였습니다. 이건 누구의 장난일까요? 수사관이 박본관과 통화했다고 한 날부터, 아버지의 휴대 전화는 먹통이 되고 맙니다. 뒤늦게 안 사실이 하나 있습니다. 타지에 사는 오빠는 박본관을 약 세 차례 경찰서에 고소했다고 합니다. 스토킹을 제외한 다른 범죄에 대해서는 모두 '무혐의 처분'을 내렸다고 전해 들었습니다. 다시 본론으로 돌아가, 수사관이 박본관에게 전화한 첫날만 아버지의 휴대 전화가 먹통인 게 아니었습니다. 둘째 날은 더 심해졌고 그다음 날은 더 심해졌습니다.

가면 갈수록 전화는 더욱 빗발쳤고 이젠 인증 문자까지도 수도 없이 날아오게 됩니다.

인증 문자가 오는 애플리케이션도 참 다양합니다. "여○○" "야○○" "자○○" 등등 수도 없이 많습니다. 맨 처음에는 문자가 오는 대로 차단하고 또 차단했답니다. 하지만 선을 넘자, 인증 문자는 더욱더 빗발치게 되고 휴대 전화를 아예 작동할 수 없게 만듭니다. 이쯤 되자, 아버지는 뭔가 있구나 하고 박본관을 강하게 의심하셨습니다. 타지에 사는 오빠도, "박본관이 가족들을 속이고 있구나. 피해자 흉내를 내고 있구나."하고 생각하고 있었지요.

하나의 거짓말은 또 하나의 거짓말을 만들고 그 하나의 거짓말로 인해 더 큰 거짓말을 만들게 됩니다. 그래서 진실은 아무리 시간이 흘러도 색이 바래지 않는지 모릅니다. 인간이 기본적으로 가지고 있는 것이 양심이고 나머지는 살아가면서 얻어지는 가치인지 모르지요. 가치란 우리가 살아가는데 중심이 되고 그것을 지키며 사는 것이 삶의 기본이 되는지 모릅니다. 솔직함은 당장은 배가 고플 수도 있습니다. 그러나 멀리 보면 그것은 움츠린 새처럼 더 멀리 더 높이 날기 위한 도약인지 모르지요. 삶으로부터 자유로움, 멀리 보지 못하는 삶은 그래서 늘 단조로울 수밖에 없습니다. 마치 사마귀가 눈앞의 먹이에만 급급하여 뒤에서 자기를 잡아 먹으려는

까마귀의 그림자를 미처 살피지 못하는 것처럼 우리도 하나에 집착하면 그렇게 되는지 모릅니다. 가끔은 우리도 사방을 살필 수 있는 혜안을 가져야 하지 않을까 싶습니다. 가끔은 진실을 거짓으로 믿을 때 진실은 그만큼 추악해 보이지요. 하지만 반대로 거짓을 진실로 보면 거짓은 그만큼 아름답게 보입니다. 그러나 진실 앞에 거짓은 그리 오래가지 못합니다.

나에서 벗어날 수 있자면 우리는 진솔할 수 있어야 합니다. 하늘을 우러러 한 점 부끄러움 없이 살 순 없지만. 부끄럽지 않은 삶을 살기 위해 노력을 아끼지 말아야 할 것입니다.

바다를 향해 쉼 없이 흐르는 저 긴 강. 우리의 이상이며 그게 자유인지 모릅니다.

박본관, 그의 진심은 무엇이었을까요? 그것은 아직도 풀리지 않는 의문점으로 남아 있습니다.

그가 무언가 숨기고 있는 건 확실해 보였습니다. 너무 답답하신 아버지는 수사관에게 다시 한번 통화 시도를 합니다. "박본관 어떻게든 수사

해 주세요. 이놈 휴대 전화 접속 이력까지 모조리 확인 좀 부탁드리겠습니다."

"진정서가 접수되었으니 출석 요구는 하겠습니다."

그렇게 박본관에 대한 수사는 계속되었습니다. 단순히 우연의 일치인지, 박본관과 통화한 날부터, 전화기는 꺼 놓다시피 하고 살아야 했습니다. 그렇지만 유력한 용의자인 그를 수사한다니 아버지로서는 천만다행이었습니다. 그렇지만, 그가 범행했다는 뾰족한 증거가 없었기 때문에 수사에 난항을 겪은 건 기정사실이었죠. 여기에서 이상한 점이 또 하나 있습니다. 우리 가족을 모두 경찰서에 고소한다던 박본관은 그 약속을 이행하지 못했습니다. 자신이 정말 억울하다면 법대로 해도 될 일입니다. 그런데 그는 왜 그렇게 하지 못했을까요? 이것 역시 지금까지도 의문점으로 남아 있습니다.

32.

이면엔 무엇이 있을까요?

"이번 주 수요일에 박본관 출석 요구했어요."

"이건 아빠 생각인데, 박본관이가 우리 정보를 다 뿌린 거 같구나." 조심스럽지만, 아버지의 생각도 나름의 일리가 있어 보였습니다. 그에게 전화를 걸면 수도 없이 빗발치는 전화며, 인증 문자며, 테러며 모두 그를 가리키고 있었기 때문이었죠. 그러던 어느 날 아버지의 휴대 전화로 수사관에게 전화 한 통이 걸려 옵니다. "이번 주 수요일에 박본관 출석 요구했어요." "네 알겠습니다." 수사관으로부터 저 연락을 받은 지 한 시간이나 지났을까요? 이번엔 아버지 휴대 전화로 문자 한 통이 도착합니다. 발신 번호는 놀라웠고 그 내용은 더욱더 가관이었죠. 발신 번호는 바로 오빠의 과거 뒷번호였습니다. 내용은 "네 딸은 지적 장애인이니 이 세상 살 자격이 없다. 어차피 집 다 해 먹었잖아? 네가 죽여." 이 문자를 받으신 아버지의 손이 파르르 떨리고 눈에는 눈물이 가득 고여 있었습니다. 저 문자를 받고, 더욱 이상한 일들이 생겨납니다. 이번엔 타지에 거주하는 오빠의 휴대 전화로 봉안당, 장례식장, 청소업체 등에서 전화가 빗발친다고 아버지께 연락이 왔습니다. 당시에 하얀 눈이 펑펑 오던 겨울이었고, 모처럼 아버지께선 집에서 편안하게 쉬고 계시던 어느 날입니다. "지금 동생이 집에서 자살했다고 시신 치워가라고 전화 왔어요. 수사관이 박본관에게 전화하고 이런 일이 생기니 의심을 안 하려야 안 할 수가 없어요. 괜히 벌집만 쑤셔놓은 거 같아요."

장례식장, 청소업체로부터 전화, 문자가 수도 없이 빗발쳐서 그날 오빠는 휴대 전화를 하루 종일 끄고 있어야만 했습니다. 당연히 업무에는 지장이 있을 수밖에 없었습니다.

기다리던 수요일이 돌아왔습니다. 오늘은 박본관이 경찰서에 출석하는 날입니다. 이때 제 머릿속에 주마등처럼 스쳐 가는 무언가가 있었습니다. "내 친구 본관이 건드리면 너희 다 죽일 줄 알아. 그리고 규철이 죽을 때까지 괴롭힌다."

이 말은 원장이 저에게 마지막으로 남긴 말입니다. 박본관이 경찰서에 출석하고 휴대 전화는 잠시 조용했습니다. 우리 집도 평화를 찾은 것 같앉습니다.

국제 전화, 각종 업체 전화, 협박 문자 등등을 받지 않으니, 아버지께서는 안도의 한숨을 내쉬며 이렇게 말씀하십니다. "박본관이 오늘 출석한다고 하더니, 경찰에게 휴대 전화 압수 당했나 보구나." 이를 확인할 길은 없었지만, 우리 가족들은 일단은 그렇게 믿기로 했습니다.

며칠 뒤 다시 담당 수사관에게 전화 연락이 옵니다.

"박본관 씨 휴대 전화 포렌식까지 다 했는데, 아무런 증거를 찾지 못했어요. 무혐의로 수사 종결하겠습니다." 이번에도 무혐의 수사 종결입니다. 이 소식을 들은 아버지께서는 실망한 기색이 역력하셨습니다. 타지에서 이 소식을 들은 오빠도 상황은 아버지와 같았습니다. 박본관이 증거 불충분 무혐의로 빠져나간 게 벌써 네 번째입니다. 사실, 박본관을 의심하는 건 우리 가족만이 아니었습니다. 오빠의 전 회사 팀장도 우리 가족과 같은 상황을 겪고 있어서, 변호사까지 선임해서 박본관을 경찰서에 고소했다고 합니다. 어느 날 오빠의 휴대 전화로 전 회사 팀장에게 이런 전화가 걸려 왔답니다.

"규철 씨, 오늘 박본관 협박, 업무방해 등의 혐의로 고소하고 왔어요. 저는 변호사까지 선임해서 고소했으니, 이번엔 그냥 빠져나오기 어려울 겁니다. 저뿐만 아니라 전 직원들 다 합동 고소했어요." 오빠에게 전해 듣기로는 전 회사 모든 직원이 박본관에게 시달리고 있었답니다.

"심규철이 안 자르면 너희 회사 불 싸지른다."

"당장 안 자르면 네 아들도 죽일 줄 알아라."

이렇게 날이 가면 갈수록 협박의 강도는 점점 높아졌다고 합니다. 사실, 이 사람들도 참고 견디려고 했다가 욕설과 협박에 못 이겨 신고까지 하는 상황에 이르게 된 것입니다.

이 소식을 들은 오빠는 이번에는 변호사까지 선임했다고 하니, 한시름 놓게 되었습니다.

하지만 그건 착각에 지나지 않았습니다. 오빠 전 회사의 피해는 상상 그 이상이었습니다.

낮에도 불을 꺼 놓고, 영업해야 하는 상황이었습니다. 한술 더 떠 박본관의 욕설과 협박에 못 이겨 간판까지도 내리고 업무 보는 중이었습니다. 게다가 박본관의 사진까지 출력해서 '이 사람 찾아오면 경찰에 신고해야지.' 하고 마음먹고 있었답니다. 벌건 대낮에 불을 꺼 놓고 영업한다는 건 대단한 결심이 아닐 수 없었겠지요. 이쯤 되면, 독자 여러분께서 박본관이 어느 정도로 오빠와 주위 사람들을 괴롭혔는지 잘 아실 거라 생각합니다. 그러던 어느 날, 오빠와 전 회사 팀장이 점심 식사하러 잠깐 만남을 가지게 됩니다. 이때 팀장에게 문자 하나가 도착하게 됩니다. 아니나 다를까, 바로 박본관 이었습니다.

"지금 규철이랑 같이 있지? 어서 해촉 증명서 보내라."

오빠는 그 회사에 재직하지 않는 상황이었고, 그만둔 지도 꽤 지난 상태였습니다. 그런데 팀장에게 해촉 증명서를 보내라는 건 어이가 없는 상황이었지요. 오빠의 전 회사 팀장은 마음이 넓고 뭐든 좋게 좋게 넘어가는 그런 사람이었답니다. 자신과 식사를 한다는 사실을 박본관이 알자, 오빠에게 이렇게 말했답니다. "규철 씨, 자동차나 휴대 전화에 위치추적기 없는지 검사 한번 받아 봐요. 그리고 해촉 증명서 블로그에 올리세요."

"이미 검사 다 받았어요. 위치 추적기도 없고 도청 장치도 없대요."

오빠는 이미 자동차 검사도 받았고 휴대 전화는 공장 초기화한 상태였습니다.

그리고 그 말을 들은 후 얼마 안 돼, 해촉 증명서도 블로그에 게시했다고 했습니다.

그렇게 하면 테러는 멈출까요? 하지만 그것은 착각에 지나지 않았습니다. 그리고 그로부터 얼마 안 가, 박본관은 "증거 불충분 혐의 없음"으로 이번에도 법망을 빠져나갔다고 들었습니다. 대체, 그의 정체는 무엇일까요? 박본관과 통화를 하거나, 잠깐 연결만 되어도 전화기가 마비됩니다. 단순하게 우연의 일치일까요? 박본관과 원장, 둘은 무슨 관계일까요? 제 추측이지만 방송사에 잠깐 보도되었던 가족끼리 친하게 지내는 눈엣가시였나 봅니다. 그래서 타지에 사는 오빠와 부모님을 남남으로 지내게 하려고 이렇게 범행을 한 것일 수도 있습니다.

또한 원장이 나타난 시기와, 박본관이 전화 테러를 하던 시기가 매우

흡사합니다.

원장의 범행은 여기에서 끝나지 않습니다. 그는 저의 아버지의 모친 즉, 친할머니께서 돌아가신 사실까지 알고 있었습니다. 마음 아픈 사실이지만 저희 친할머니는 돌아가신 지 얼마 안 되어서 아버지께서도 몹시 어머니를 그리워하며 지내고 계시던 터입니다.

33.

행복을 집어삼킨
검은 그림자

"너희 어미 뒈졌더라. 내가 등기부등본 다 조회했다."

어느 날 원장에게서 아버지께 문자 한 통이 옵니다.

"너희 어미 뒈졌더라. 내가 등기부등본 다 조회했다."

이 말을 들은 아버지는 뒤로 나자빠지지 않을 수 없었습니다. 친할머니의 부고 소식은 아무에게도 말하지 않았습니다. 그건 오직 우리 가족만의 비밀이었던 것입니다. 장례식도 가족끼리 모여 간소하게 치렀지, 다른 조문객은 일절 부르지 않았으니까요. 그런데 원장은 친할머니께서 돌아가신 사실을 어떻게 아는 것일까요? 놀라움은 여기에서 끝이 아닙니다.

시골 마을에 아버지께서 상속받으신 조그만 땅이 있다고 합니다. 이 사실은 저도 모르고 있었고 오직 어머니와 아버지 단 두 분만이 아시던 사실입니다. 이번에는 원장이 저에게 문자 한 통을 보냅니다.

"야 네 아버지 땅 부자더라. 네 할머니 뒈져서 부자로 살겠다. 이 돈 내가 챙긴다."

저는 이때서야 이 사실을 알게 된 것입니다. 이렇듯 원장은 우리 가족에 대해 저보다도 더 잘 알고 있었고 모르는 게 없었습니다. 그 때문에 2년이 넘는 시간 동안 저는 혼자 밖에 나가는 건 꿈과 같은 일이었습니다. 또한 휴대 전화도 켜지 못하는 등 창살 없는 감옥 생활을 했던 것입니다.

하루하루가 고되고 정말 힘겨웠습니다. 아침에 일어나면 제일 먼저 드는 생각이

"오늘은 원장에게서 무슨 연락이 올까? 무슨 협박 문자가 올까? 오늘은 그가 또 무슨 짓을 할까." 하는 두려움뿐이었으니까요. 부모님 마음속엔 언제나 화가 가득했고, 큰소리가 나지 않으면 하루가 가지 않는 그런 삶을 살았습니다. 오직 원장, 그 악마 때문에 말입니다.

화는 모든 불행의 근원입니다. 화를 안고 사는 것은 독을 안고 사는 것과 같습니다.

화는 타인과의 관계를 고통스럽게 하며 인생의 많은 문을 닫게 합니

다.따라서 화를 다스릴 때 우리는 미움, 시기, 절망과 같은 감정에서 자유로워집니다. 타인과의 사이에 얽혀 있는 모든 매듭을 풀고 진정한 행복을 얻을 수 있습니다. 우리의 마음은 밭입니다. 그 안에는 기쁨과 사랑, 즐거움과 희망과 긍정의 씨앗이 있는가 하면 미움, 절망, 좌절, 시기, 두려움과 같은 부정의 씨앗도 있습니다. 어떤 씨앗에 물을 주어 꽃을 피울지는 자신의 의지에 달렸습니다. 사람은 누구나 행복하기 위해 태어났습니다. 그러나 실제로 행복을 만끽하면서 사는 사람은 드물지요.

행복한 사람과 그렇지 않은 사람은 표정에서 알 수 있습니다. 행복한 사람은 늘 미소 짓고 그렇지 않은 사람은 얼굴을 찌푸리며 찡그리고 있습니다. 그렇다면 우리는 왜 화를 내는 것일까요? 무엇이 우리를 화나게 하는 것일까요? 시기, 절망, 미움 두려움 등은 모두 마음을 고통스럽게 하는 독입니다. 마음속에서 화를 해독하지 못하면 우리는 절대로 행복해질 수 없습니다.

화는 평상시 우리 마음속에 숨겨져 있습니다. 그러나 외부로부터 자극을 받으면 갑작스레 마음 한가득 퍼집니다. 화는 예기치 못한 큰일에서 올 때가 있지만 대개는 일상에서 부딪히는

자잘한 문제에서 옵니다. 따라서 화를 다스릴 때마다 우리는 일상에서 잃어버린 작은 행복들을 다시금 찾을 수 있습니다. 화를 다스리기 위해 유용한 도구가 있습니다. 의식적인 호흡, 의식적으로 걷기, 화를 끌어안기 나의 내면과 대화하기 등 이러한 도구들을 사용하면 우리는 마음속에

화가 일어날 때마다 현명하게 대처할 수 있습니다. 우리는 자신이 가진 부정적인 씨앗이 아닌 긍정적인 씨앗에 물을 주려고 노력해야 합니다. 이것이 바로 자신의 마음을 다스리는 평화의 길이며 행복을 만드는 법칙입니다.

그렇게 원장은 우리 가족의 행복을 송두리째 빼앗아 갔습니다. 원장의 범행은 여기에서 끝이 아닙니다. 그 하나 때문에 아버지는 45년간 운영해 오시던 사업을 접으셔야만 했습니다.

오직 원장 그 하나 때문에 말입니다. 사실 아버지께서는 20년 넘게 사용해 오던 휴대 전화번호도 바꾸셨습니다. 원장의 협박과 폭언, 하루에 수없이 걸려 오던 테러 전화에 못 이긴 아버지는 마침내 연락처를 바꾸기로 선택하신 겁니다.

"아빠 연락처 바꿔야겠다. 기존에 쓰던 전화번호와 연동도 해 놓지 말아야겠다."라고 말씀하셨습니다. 사업을 하시는 분이 연락처를 바꾼다는 건 생업을 포기하겠다는 것과 같은 선택이었습니다. 그래도 아버지는 이들의 협박에 못 이겨 바꾸기로 결심하신 겁니다.

아버지께서는 바꾸신 연락처로 거래처마다 전화를 거셨습니다. 그런데 이게 어떻게 된 일일까요? 전화를 받는 거래처는 몇 곳 없었다고 합니다.

사람들은 그만큼 모르는 번호를 의심하고 경계해서, 아버지의 전화를 받지 않는 것입니다.

34.

악의 축이 앗아간
아버지의 기억

> 항상 1등급이었던 아버지의 신용등급 또한 원장의 명의도용과
> 대출 때문에 나락으로 떨어지는 불상사를 겪게 된 것입니다.

 사실, 저희 아버지는 주거래은행 통장을 약 45년간 이용해 오셨습니다. 꾸준하게 한 은행만 이용해 오셨기에 해당 은행에서도 VIP 등급이었던 것이지요. 사업장도 오래 운영하신지라 신용등급 또한 45년의 긴 세월 동안 항상 1등급만을 유지해 오셨던 겁니다. 하지만 원장의 범행 때문에 이 계좌는 사고계좌로 등록이 되었습니다. 이 때문에 없애야만 했고, 통장을 새로 만드셔야 했습니다. 항상 1등급이었던 아버지의 신용등급 또한 원장의 명의도용과 대출 때문에 나락으로 떨어지는 불상사를 겪

게 된 것입니다. 게다가 보험 약관 대출까지 받았으니, 예전의 신용등급을 되찾기란 불가능에 가까웠습니다. 사업자나 영업인이 연락처 변경을 한다는 것은 곧 생계를 포기하겠다는 것과도 같습니다. 아버지 또한 같은 번호를 약 20년 이상 사용해 오셨습니다. 끝내 이들의 협박에 못 이겨 연락처를 바꿔야 했던 겁니다. 참으로 어처구니없는 일을 겪으셔야 했던 것이지요.

아버지는 이들의 협박을 이기지 못하고 결국 폐업 절차를 밟으셨습니다. 또한 오래 사용하시던 연락처와 계좌의 추억마저도 잃어버린 셈이 됩니다.

아버지께서 잠깐이라도 거래처에 가셔서 일을 하시면 원장은 협박과 욕설 폭언 등등을 서슴지 않았습니다. 또 그것은 아버지의 거래처에도 꾸준하게 이어졌습니다. 이들이 앗아간 건 돈과 행복만이 아닌 아버지의 영혼까지도 앗아간 것입니다.

번호 변경을 하시고, 계좌 변경도 하셨습니다. 급기야 모든 개인정보 변경을 하실 때 아버지는 엄청난 정신적인 스트레스에 시달리셨습니다. 항상 가슴이 쿵쾅쿵쾅하는 불안감 속에서 지내셔야만 했습니다. 또한 뭔 일이 일어나지 않을까 하는 노심초사한 마음에서 사셔야 했습니다.

그렇다고 연로하신 아버지께서 다시 사업장을 운영하시기란 역부족이었습니다.

이런 피해는 아버지께서만 당하신 게 아닙니다. 저희 어머니께서는 사람을 참 좋아하시던 분이셨습니다. 조금만 좋은 일이 있어도 까르르하고 웃는 밝은 성격의 소유자이셨습니다.

하지만 원장은 그런 어머니의 마음을 송두리째 짓밟아 놓았습니다. 이 일이 생긴 이후, 어머니는 사람과 대화하는 것을 되도록 피하셨습니다.

친한 사람이 말을 걸어도, 어머니께서는 "지금 바빠요. 나중에 얘기해요." 하며 서둘러 자리를 떠나시곤 했습니다. 이 일이 생기기 전에, 어머니께서는 별다른 즐거운 일이 없어도 행복해서 웃는 게 아니라 웃어서 행복하다! 라는 신조를 지니신 분이었지요. 이 일이 생긴 후에 어머니의 웃음은 사라졌습니다. 그는 우리 집의 모든 희망과, 꿈까지도 모두 짓밟아 버린 셈입니다.

사라져 버린 건 어머니의 웃음뿐만이 아닌 건강도 송두리째 모두 앗아갔습니다. 어머니는 신경과 약이 없으면 잠들지 못하십니다. 그리고 원장 하나 때문에 모든 걸 잃으셨기 때문에 심각한 화병에 시달리고 계십니다. 이뿐만이 아닙니다. 어머니께서 늘 하시는 말씀이 있습니다.

"항상 원장 그놈이 따라붙는 거 같구나." 혼자 외출하시거나, 저와 같이 외출하실 때면 어머니는 입버릇처럼 항상 이렇게 말씀하시곤 뒤를 돌아보십니다.

"엄마, 그놈 이제 못 따라붙어."

"엄마는 그래도 무서워."

그가 앗아간 것은 참으로 많습니다. 우리 가족의 모든 꿈과 희망도 그가 앗아갔습니다.

편안한 삶이라면 하루가 다르게 변하는 세상을 어찌 따라갈 수 있겠습니까.

삶이 지치고 힘들게 하는 것은 앞으로 한 걸음씩 나아가기 위한 아름다운 변화입니다.

삶은 우리에게 늘 많은 변화를 안겨줍니다. 설레도록 흔들리는 나뭇잎으로

가까이 다가가 보세요. 비바람에 가지가 꺾이거나 나뭇잎 하나에도 멀쩡한 삶이 없지만 달콤한 열매를 안고 서성입니다. 두렵고 힘든 삶을 만나면 내 생각부터 변화해야 합니다.

내가 변하지 않으면 삶이 변하지 않고 자신만 힘들어집니다. 캄캄한 밤이 가지 않을 것처럼

어둠 속에서 찬란한 별이 그토록 반짝이던 밤이 가고 찬란한 아침 햇살이 창가를 붉게 물들이고 언제나 어둡고 추운 땅속에서 꼼지락 이던 봄이 어김없이 찾아옵니다. 당신의 삶이 고통스럽지만, 삶의 주인은 바로 당신입니다. 위기 뒤에 좋은 기회가 올 거라는 희망을 가슴에 꼭꼭 새긴다면 어둠 속에 잠자던 겨울이 깨어나고 당신은 따뜻한 새봄을 맞이하

게 될 것입니다.

물론, 지금도 모든 일이 종결된 것은 아닙니다. 그는 어딘가에서 그물을 쳐놓고 우리 가족들의 허점을 찾기를 호시탐탐 노리고 있을 겁니다. 며칠 전 아버지께 전화 한 통이 걸려 왔습니다. "결혼정보 회사입니다. 결혼할 짝은 찾으셨나요?"

"의뢰 드린 적 없습니다."

아버지께만 연락이 온 게 아닙니다. 타지에 사는 오빠에게도 다시 제삼자를 통한 전화 테러는 시작되었습니다. 그리고 이와 동시에 인증 번호 테러도 다시 시작되었답니다. 12월 5일 밤 오빠에게 전화 한 통이 걸려 왔습니다.

"엄마, 박본관인지 원장인지 다시 시작된 거 같아요. 오늘도 봉안당, 성형외과, 저랑은 아무 상관도 없는 산부인과에서까지 연락이 왔어요. 족히 한 100통은 온 것 같아요. 그리고 문자 인증 테러도 다시 시작되었어요. 인증 문자가 하루에 적어도 천 개씩은 와요. 그리고 자기가 박본관이라면서 사칭인지 진짜인지는 모르겠는데 연락이 와요."

"아들아, 조심해서 다녀라."

사실, 오빠를 중심으로 테러가 시작되었지만, 아버지 휴대 전화나 어머니 휴대 전화로도 국제 전화나 070 국번으로 테러 전화는 간간이 옵니다. 아버지께서는 다시금 사업을 하셔야 하는데, 블로그에 글을 게시하면 무슨 짓을 할까 봐 그마저도 못 하고 계십니다. 악의 무리의 테러, 현재도 진행되고 있는 테러 때문에 우리 집은 완전히 나락으로 떨어지고, 가족 간의 관계는 신뢰가 마치 유리 조각처럼 산산조각이 났습니다. 이게 끝이 아닙니다. 12월 9일, 오빠의 회사 팀장이란 사람한테 오빠를 찾는 전화가 빗발쳤다고 합니다. 오빠의 회사는 가족인 부모님조차도 알지 못 하고, 철저히 오빠만 알게끔 비밀리에 재직 중입니다. 그런데 팀장의 연락처는 어떻게 찾았을까요?

"여기 대출 업체인데 인터넷에 상담 남겨주신 거 보고 전화 드렸는데 심규철 씨 되시나요?"

하루에도 이런 전화가 수도 없이 빗발쳐서 도저히 업무를 볼 수 없는 지경에 이르렀다고 합니다. 전화 테러만 오는 게 아닙니다. 오빠에겐 다음과 같은 문자가 왔다고 합니다.

'나 박본관인데 우리 각하 탄핵 안 된다. 난 계속 너를 괴롭힐 거다.'

문자를 받은 오빠의 손이 파르르 떨렸답니다. 문자를 보낸 사람의 이름은 박본관이고, 모든 문자의 내용은 오빠를 가리키고 있었습니다. 오빠에게만 갔다면 그나마 괜찮았을 문자 테러, 오빠의 직장 상사에게까지 빗발쳤다고 합니다. "나 박본관인데. 심규철 전화 번호 내놔라. 안 내놓으면 찾아간다." 문자 내용 속의 박본관, 그는 대체 누구이며, 무슨 원한이 있길래 이렇게까지 괴롭히는 것일까요? 단순히 87만 원을 받기 위해 이렇게까지 범행한다는 건 무리수입니다. 오빠네 회사의 팀장은, 괴롭힘이 지속되면 경찰에 신고할 것이라고 최종 통보했답니다.

지속되고, 확장될 시 오빠가 그 회사에 계속 재직하지 못 하는 것은 이미 기정 사실화 되었습니다. 테러는 오빠 직장 동료에게만 간 게 아닙니다. 12월 10일, 어머니께서 휴대 전화를 두고 잠시 외출하셨습니다. 돌아오신 어머니께선 문자를 보시더니 깜짝 놀라십니다.

문자함에는 다음과 같은 문자가 와 있었습니다. "저 박본관이라고 하는데요. 아줌마 아들은 후원 회사 재직 중이에요. 현재 연체 중이고요. 회사는 서울 구로구에 있어요." 신기하게도 이번에는 그가 욕은 하지 않았습니다. 그런데 가족도 모르는 오빠의 회사를 그가 어떻게 무슨 수로 알았을까요? 그건 여전히 미스터리입니다. 오빠는 하루가 다르게 확장되어가는 테러에 매일 하루하루를 긴장 속에 살아가고 있답니다. 12월 10일, 어제 또 다른 일이 터지고 말았습니다. 이 일당들이 오빠의 회사에 퀵 서비스를 여러 개 보냈답니다. 오빠가 재직 중인 회사에서 IP추적을 해 보니, 우회기를 이용한 정황이 있었다고 합니다. 빗발치는 퀵 서비스 때문에 어제는 하루 종일 일도 못 했다고 전해 들었습니다. 참다 못 한 오빠의 팀장은 경찰서에 신고하겠다며 으름장을 내 놓았답니다, 이쯤에서 이들이 했던 이야기가 불현듯 머리에 스칩니다. '너희 집 라면도 못 먹고 살게 해 줄게.' 그렇습니다. 이들은 오빠를 직장에서 퇴출시키려 이렇게 밤낮 가리지 않고 괴롭히는 겁니다. 이렇게 오랫동안 괴롭힘이 지속되면 오빠는 또 이 회사에서 잘리게 되는 불상사를 겪게 됩니다.

35.

오빠의 여자

"이 여자는 누구니?" "제 여자친구 이수지라고 해요."

사실 이 일에는 엄청난 반전이 있습니다. 어느 날, 오빠가 교제하던 여자 친구를 데리고 왔습니다. 먼저 결론부터 말씀드리자면 이 여성은 박본관 씨와 깊은 관련이 있음을 알려드리겠습니다. 2022년 어느 겨울, 업무를 마친 오빠는 웬 여자를 데리고 귀가했습니다.

"이 여자는 누구니?" "제 여자친구 이수지라고 해요." 오빠의 여자친구의 얼굴을 보신 어머니께서는 나이 차이가 너무 많이 난다며 결사 반대하셨습니다. 오빠는 당시에 여자친구를 좋은 감정으로 사귀고 있었던 터라 어머니께서는 좋게 둘러서 말씀하셨습니다. " 좀 더 교제해 본 뒤에 집으로 데리고 와라. 아직은 때가 아니다." 일단은 오빠도 어머니의 말씀에 동의하는 듯 하였습니다. 하지만 그건 제 착각에 지나지 않았습니다. 어느 날 늦은 저녁 업무를 마친 오빠는 또 다시 그 여자를 데리고 왔습니다. 어머니께서는 오빠에게 우선 자초지종을 물으셨고, 그 말을 들은 오빠는 어머니께 이렇게 말합니다. "수지가 제가 일하는 회사까지 찾아왔어요. 그래서 데리고 왔어요." 이 말을 들은 어머니께서는 깜짝 놀라셨지만, 온 사람을 내쫓을 수는 없는지라 좋게 좋게 넘기셨습니다. 그 일이 있고 오빠는 수지라는 여자를 몇 번 더 데리고 왔고 급기야 한 공간에서 같이 살게 됩니다. 하지만 한 공간에서 살기엔 우여곡절이 너무나도 많았고, 부모님과 맞지 않는 부분이 적지 않았습니다. 어느 날은 그 여자가 아프다고 해서 병원에 데리고 갔는데, 병원에서는 우울증이 많이 심하다고 했습니다. 그 말을 듣고 그에 대한 약을 처방 받아서 왔지요. 그런데 그 여자는 그 약을 먹고도 상태가 전혀 나아지지 않았습니다. 그래서 아버지께서는 2층 방을 수리하셨고 오빠와 수지라는 여자는 그 방에서 생활하게 됩니다.

이 여자에게 너무도 이상한 점이 있었습니다. 함께 거주하고 있던 어머니나 아버지께 호칭을 한 번도 '어머니, 아버지'로 칭한 적이 없었고 가족들과 말을 거의 하지 않다 시피 하였습니다. 하물며 인사성도 전혀 없고, 자신이 마신 컵 하나 닦지 않았습니다. 사회성이라고는 전혀 없는 듯이 보였습니다. 오빠가 출근하면 항상 혼자 불을 꺼 놓고 잠을 청하거나

TV 시청을 하고 있었습니다. 오빠와 수지라는 여자가 살던 방엔 와이파이가 없었습니다. 때마침 우리 집은 와이파이를 두 개를 사용하고 있었습니다. 하나는 안방에 사용하는 거고, 하나는 주로 방치되어 있었던 겁니다. 오빠는 TV시청과, 인터넷 사용을 위해 와이파이 한 대를 밑에 층으로 가지고 내려갔습니다. 수지라는 여자도 그 와이파이의 비밀번호를 알고 있었고 늘 휴대 전화에 로그인해서 같이 사용한 것으로 알고 있습니다. 한 동안 아무 일 없이 나름 평안한 일상을 보내던 중 어머니께서 김치를 담그셨습니다. "너희 오빠도 김치 좀 줘야겠다. 오랜만에 담갔는데 많이 좀 줘야지."라고 말씀하시곤 바로 밑에 층으로 내려가셨습니다. 어머니께서 김치를 냉장고에 직접 넣기 위해 냉장고 문을 여셨는데 그 광경은 놀라움 그 자체였다고 합니다. 세상에, 냉장고 안엔 음식물 쓰레기를 비롯해 쓰레기가 가득했답니다. 그 광경을 본 어머니께서는 수지라는 여자에게 한마디 하셨습니다. "냉장고가 쓰레기 통이냐? 좀 치우고 살아라."라고 말씀하셨고, 어머니는 그 사건이 있고 적지 않게 충격을 받으셨습니다. 사실 이 여자가 마음에 들지 않는 이유는 이 사건 외에도 따로 있었습니다. 이 여자의 몸에는 문신이 있었고, 크기도 컸습니다. 그래서 부모님께서는 그렇게 결사반대하셨던 겁니다. 수지라는 여자와 오빠가 같이 산 지 한 달 정도 지났을까요? 이 여자는 휴대 전화 번호를 바꾸고 싶다며, 직접 대리점에 찾았습니다. 바뀐 번호는 놀라웠습니다. 당시에 오빠가 사용하던 뒷번호인 ○○○○번을 자신의 뒷번호로 바꾼 것입니다. 한 편으로는 그러려니 했지만, 한 편으론 소름이 돋았습니다. 아무리 같이 사는 사이라고 해도, 휴대 전화 번호를 그렇게 똑같이 할 수 있을까요? 그러던 어느 날 아침입니다. 어머니께서 하신 말씀이 아직도 잊히지가 않습니다.

"오빠 차가 보이지 않는다. 밑에 층에 내려가 봤는데, 네 오빠 옷이며 살림 살이가 하나도 없구나." 맞습니다. 오빠는 이 여자와 야반도주했고, 그렇게 2년이란 긴 시간동안 가족들과 어떤 연락도 하지 않았습니다. 2년이 지난 어느 날. 한창 일을 하시던 아버지께 오빠에게 전화 한 통이 걸려 왔답니다. 내용은 다음과 같습니다. "아버지, 수지가 돈 달라고 하면 절대 주지 마세요." "걔가 아빠에게 왜 돈을 달라고 하니?" "하여튼 절대 주시지 마세요." 하고는 전화를 끊었답니다. 이 전화를 받으신 아버지께선, 대수롭지 않게 넘겼다고 합니다. 나중에 알고 보니 오빠와 수지라는 여자는 헤어졌답니다. 오랜만에 아버지를 밖에서 만난 오빠는 어렵게 입을 열었습니다. "수지가 다른 남자가 생겼어요. 한 번은 이해해 줬는데 두 번째예요. 헤어지고 난 다음에도 세 달 동안 생활비를 매달 보내줬어요." 놀랍게도 오빠는 그 여자와 헤어지고 세 달동안 빠짐 없이 생활비를 줬다고 합니다. 여기에서 의문점이 하나가 생깁니다. 그 여자와 헤어진 시기와, 아버지께 박본관에게 전화가 걸려온 시기가 얼추 맞습니다.

뒤늦게 안 사실이긴 한데, 박본관이 아버지께 한 말이 있습니다. "제가 당신 아들 수지란 여자하고 헤어질 때 많은 걸 도와줬어요. 저 아니면 그

관계 정리 안 됐을 거예요." 실제로, 이 여자와 박본관은 친한 사이이고, 당시에 만남을 이어가고 있었다고 합니다. 박본관이 헤어지는 데 실질적으로 준 도움이 무엇인 지는 모르겠습니다. 하지만 서로 아는 사이란 것은 기정 사실입니다. 공교롭게도 오빠가 생활비를 끊은 그 시점부터, 테러는 3년 가까이 현재 진행형입니다. 아직도 오빠의 뒷 번호를 이용해 부모님께 협박 문자는 지속되고 있습니다. 또한, 오빠가 재직 중인 회사에는 퀵 서비스 테러, 3자를 통한 전화 테러까지도 계속되고 있다고 합니다. 그 뿐만이 아니라, 이들은 출판사 블로그며, 오빠의 블로그에 책을 읽은 독자인 걸로 위장해서 사건이 어떻게 진행되고 있는지 계속적으로 떠보는 테러도 이어가고 있었습니다. 그 때문에 출판사도 댓글창을 닫았고, 오빠의 블로그도 댓글창을 닫아야만 했지요. 바로 며칠 전 충격적인 사건 하나가 또 있었습니다. 바로 제 통장에서 돈을 인출해 교○○○에서 책을 구매한 사건입니다. 금액만 자그마치 300만 원이 훌쩍 넘어갑니다. 교○○○쪽에 알아보니, 주소지도 다 다르고 가상 계좌 번호도 63개 정도로 다 다르다고 합니다. 어쩔 때는 책을 한꺼번에 100만 원어치를 구매한 적도 있었습니다. 교○○○측에서는 당장 환불은 어렵다고 하고, 이 금액은 경찰에 신고하시면 고스란히 피해자에게 주겠다고 약속 받은 상태입니다.

그 사실을 알곤 인근 경찰서로 달려가 신고 접수를 했고, 일상 생활이 불가능할 정도로 충격을 받은 상황입니다. 사건은 이게 끝이 아닙니다.

오늘 아침. 어머니 휴대 전화로 문자 한통이 왔습니다. '네 남편 통장에서 돈 다 출금 할게.' '1월 31일까지 다 한다. 후원으로 다 빠져나갈 거다.' 라는 메시지가 ○○○○이라는 오빠의 옛날 뒷번호로 전송이 되었습니다. 이들은 아버지께서 지금 뭐 하고 계시는 지 까지 속속들이 알고 있었습니다. 이 사실에 놀라신 아버지는 당장 은행으로 달려가 통장에 있는 돈을 모두 찾으셨다고 합니다. 이 범인이 문자를 보낼 때 보면 오빠에 대해서 우리 가족에 대해서 너무도 잘 알고 있습니다. 이 여자를 범인으로 지목하는 데는 또 다른 이유가 있습니다. 앞서, 우리 집 와이파이를 같이 사용했다고 했고 비밀번호를 이 여자가 안다고 했습니다. 사실, 매일 아침마다 저에게 이런 협박 문자가 옵니다.

"경찰서에 가면 다 네 짓으로 나온다. ○○ 경찰서에서 출석 요구 할거야." 라는 내용의 협박 문자가 옵니다. 저희 집 와이파이를 아는 인물은 오빠와 같이 살던 이 여자 밖에는 없습니다. 그러니 범인이 유력한 거죠. 더구나 범인은 가족들의 모든 동선을 너무나도 잘 알고 있었습니다. 뒤늦게 안 사실인데, 도로가 주차장에서도 와이파이가 잘 잡힙니다. 추측건대 이 여자는 범행을 할 때 우리 집 근처에 와서 와이파이를 잡은 걸로 추정됩니다. 항상 오빠나 아버지가 경찰에 신고하면 IP주소가 우리 집 주소로 잡혀서 수사가 중단된 적이 한두 번이 아닙니다. 작년 정도 오빠는 박본관을 두 차례 경찰서에 업무방해 및 스토킹, 협박 등으로 고소한 적이 있습니다. 처음에는 수사는 잘 이루어진 듯 했습니다. 첫 번째 신고를 한 뒤 어느 날 담당하는 수사관에게 전화가 걸려왔더랍니다.

"심규철 씨 휴대 전화 맞아요? 여기 인천 ○○ 경찰서인데요. 다름이 아니라 고소건에 대해 경찰서에 나와주셔야 하겠습니다. 이거 고소 취하를 하셔야 될 거 같은데요. IP주소가 집에서 잡혀서 더 깊게 수사를 하면 동생분이나 가족이 다칩니다."

그렇게 두 차례 오빠는 공권력의 도움을 받지 못한 채 고소를 취하해야만 했습니다. 오빠만이 아닙니다. 아버지도 마찬가지입니다. 독자 여러분도 아시다 시피 아버지는 이 일당들에게 금전적인 피해를 많이 입으셔서, 공권력의 도움을 받고자 신고 하셨습니다. 하지만 결과는 오빠와 마찬가지입니다. 이 내용을 강조하는 이유는, 이 IP를 현재도 사용하고 있고, 이수지로 추정 되는 범인은 이것을 빌미로 저와 가족들을 협박 중입니다. 하지만 IP주소는 얼마든지 우회가 가능하고, 해커라면 해킹도 가능한 것으로 알고 있습니다. 이번 교○○○ 사건 역시, 제 휴대 전화를 원격 제어 해서, 폰뱅킹이나 인터넷 뱅킹을 통해 돈을 인출한 뒤, 책을 사서 반품을 한 뒤 자금 세탁을 한 것입니다. 또 얼마 전에 이런 일이 있었습니다. 저희 아버지는 어머니께 전화를 한 사실이 없었답니다. 그런데 이게 웬일 일까요? 어머니의 휴대 전화에는 아버지의 연락처가 여섯 번이나 찍혀 있더랍니다. 이렇듯, 휴대 전화 원격 제어는 얼마 든지 가능하고, IP 우회나 조작 또한 얼마든지 가능합니다. 지금 현재 범인은 우리 가족들의 머리 꼭대기에서 놀고 있다지만, 수사기관에 신고한 사람은 많은 걸로 알고 있습니다. 꼬리가 길면 잡힌다고, 머지 않아 잡힐 날이 올 거라고 확신합니다. 혹시나 경찰, 검찰 등 수사 기관에서 이 책을 읽고 계시면 번거롭겠지만 IP주소만이 아닌 컴퓨터나 휴대 전화 고유의 주소를 따서 범인을 색출해야 한다고 생각합니다. 수지의 경우처럼 IP주소는 얼마든 우회가 가능하고 조작이 가능하니까요.

36.

새봄이 옵니다

그대는 가진 것이 너무 많습니다.
그대가 걷지 못해도 그대가 병들어도 살아 있는 한 '축복'입니다.

이렇게, 아직도 모든 테러는 계속되고 있습니다. 부모님은 아직도 N사에 개인정보 노출자로 등록되어 계십니다. 이 후유증으로 아직도 체크카드 이용도 못 하고 계십니다. 아버지는 생업을 잃으셨고, 어머니는 건강을 잃으셨습니다. 또한 세상 사람들을 신뢰하지 못하는 마음의 병을 얻으셨습니다. 그동안 지상에 머무르다가 원장이라는 악마의 만행에 우리 가족의 삶은 지옥으로 떨어졌습니다. 생각하면 할수록 가면 갈수록 하루하루 더 힘들어지고 있습니다. 마치 생지옥과 같다고나 할까요? 내일은 무슨 일이 있을까 하고 설레야 하는데, '오늘은 또 무슨 일이 터지는 거 아닌가?' 하는 불안감이 앞섭니다. 숨이 쉬어지니 산다는 표현을 이럴 때 나 쓰는 것일까요? 뉴스에서도 못 본 일입니다. 또한 평소에 시사 교양 프로그램을 즐겨보는 편이지만 그런 프로그램에서도 한 번도 다루어진 적이 없는 이야기입니다. 신종 범죄인 것만큼은 너무도 분명해 보입니다. 지금, 이 순간에도 원장은 어딘가에서, 또 다른 피해자를 찾고 있는지도 모릅니다.

아무리 힘들어도 오늘은 갑니다. 아무리 힘들어도 또 내일은 옵니다. 너무 힘들게 살지 마십시오. 밤이 지나면 새벽이 오듯 모든 것은 변해갑니다. 오늘도 지구촌 어느 곳에는 지진이 일어나고 재난으로 많은 사람이 죽었답니다. 단 하루도 예측하지 못하는 것이 우리들의 삶입니다.

너무 힘들게 살지 마십시오. 너무 근심하지 마십시오. 늘 슬픈 날도 없습니다.

늘 기쁜 날도 없습니다. 하늘도 흐리다가 맑고 맑다가도 바람이 붑니다. 때로는 길이 보이다가도 없고 없다가도 다시 열리는 것이 인생입니다. 당장은 어렵다고 너무 절망하지 마십시오.

지나고 나면 고통스럽고 힘든 날들이 더 아름답게 보입니다. 한 번쯤 주위를 돌아보십시오.

나와 다른 사람들이 어떻게 살고 있는가를 겉만 보지 말고 그들을 나처럼 바라보십시오.

행복한 조건인데도 불구하고 불행한 사람들과 불행한 조건인데도 행복한 사람들이 많습니다.

어떤 사람들이 행복한지 무엇 덕분에 행복한지 바라보십시오. 아무리 힘들어도 그대가 살아만 있다면 그것은 희망입니다. 그대가 살아만 있다면 그것은 꿈입니다.

오지 않는 봄은 없습니다. 때로는 그대 슬픔이 얼마나 사치스러운 일인가를 생각해 보십시오.

가난해도 병든 자보다 낫고 죽어가는 자보다 병든 자가 낫습니다. 행복은 무엇을 많이 가진 것이 아니라 어떻게 사느냐에 달려 있습니다. 그대는 가진 것이 너무 많습니다.

그대가 걷지 못해도 그대가 병들어도 살아 있는 한 '축복'입니다. 그대의 가슴을 뛰게 하십시오. 살아 있을 때 날개를 잃어 보는 것은 축복입니다. 살아 있을 때 건강을 잃어 보는 것도 축복입니다. 어려움이 지나고 나면 그대는 은혜를 압니다. 걷지 못해도 뛸 것이고 뛰지 못해도 날것입니다. 오늘 사는 것이 어렵다고 한탄하지 마십시오. 사랑이 없다고 말하지 마십시오.

사랑하는 것만으로 이미 받았습니다. 그대 주위에 누군가를 사랑할 대상이 있다는 것은 그 자체로도 행복합니다. 가장 큰 불행은 가진 것을 모르고 늘 밖에서 찾는 것입니다

준 만큼 받으려고 하기 때문입니다. 그러나 비교할 수 없는 게 사랑입니다. 아무리 아름다운 꽃밭도 다가가서 보면 기대만큼 아름답지 않습니다. 오늘도 지구촌에서는 슬픈 소식들이 날아옵니다. 그리고 기쁜 소식들이 들려옵니다. 그대가 살아 있기 때문입니다. 그대를 무덤으로 인도하지 마십시오.

이제 우리가 할 일은 분명합니다. 이 악마의 추가 범행을 막아 유사 피해를 보는 분이 생기지 않도록 해야 합니다. 이 글을 적고 있는 이 순간에도 이들은 우리 가족을 노리고 있을 것입니다. 아니, 더욱 악질로 진화돼 최악의 끝을 보려고 발악할 겁니다. 상황은 급기야 최악으로 치달았고, 우리 가족은 모든 것을 잃었습니다. 돈, 가족과의 정, 신뢰, 건강…. 잃은 걸 나열하라고 하면 나열하지 못할 정도로 많습니다. 오늘 역시 원장은 어딘가에 숨어서 우리 가족들을 호시탐탐 노리고 있겠지요. 하루라도 속히 법의 심판을 받지 아니하면, 원장은 이보다도 더한 일을 저지르고 말 것입니다. 바로 어제의 일입니다. 타지에 사는 오빠에게 오랜만에 어머니께 전화 한 통 걸려 왔습니다. 정말 오랜만에 온 연락이라 반가운 마음에 받았습니다.

"엄마, 박본관이 또 시작한 것 같아요. 제 메일함을 해킹하려고 해요. 오늘도 경상남도에서 로그인 시도했대요." "개인정보 관리 잘해라." "해킹할까 봐, 막아 놨어요."

사실 이번이 처음이 아닙니다. 박본관은 오빠의 메일함 해킹 시도를 약 2개월 전에도 한 적이 있습니다. 그 뒤로 조용했는데 어제 마침 오빠에게 연락이 온 것입니다. 오빠와 전화를 끊고 이런 생각이 들었습니다. "그동안 조용하더니 또 시작인가." 하는 생각이 들었지요. 더욱 놀라운 건 어제 하루 만에 오빠 아이디로 로그인을 여러 차례 시도했답니다. 1편에도 잠깐 언급했듯, 오빠는 박본관과 같이 NGO 사무실에서 업무를 본 적이 있습니다. 당시에, 블로그 마케팅이라든지, 회사 홍보는 오빠가 맡았지요. 박본관은 오빠에게 공짜로 블로그에 홍보 글을 작성해 달라고 수시로 요청했답니다.

"규철 씨, 오늘도 블로그에 홍보 글 하나 작성하시죠." "네 알겠습니다." 오빠가 블로그에 그의 회사 홍보를 해 준 뒤, 회사는 날로 번창해 갔습니다.

그러자 그는 점차 오빠에게 집착하기 시작했답니다. 특히나, 그는 오빠의 블로그에 관심이 참 많았지요. 독자 여러분도 아시다시피, 블로그는 네이버 아이디와 연결이 되어 있습니다. 따라서 블로그에 접속하려면 네이버 로그인을 해야 합니다. 오빠의 블로그에 관심 갖는 건 박본관이 유일했습니다. 이상한 일은 오빠에게만 일어난 게 아닙니다. 저는 부모님 연락처만 제외하고 모르는 번호는 후후 앱을 통해 모두 자동 차단 되게 막아놨습니다. 어제 저녁, 오빠에게 그 소식을 듣고 저도 오랜만에 스팸 전화함을 확인을 해 봤습니다.

   놀라운 사실을 알 수 있었습니다. 031-000-000# 이렇게 # 표시가 들어가는 말도 안 되는 연락처로 연락이 온 겁니다. 당연히 차단은 해 놨지만, 기분은 찝찝했습니다.

   그러곤 속으로 이렇게 생각했습니다.

   "또 시작했구나! 조심해야 하겠다." 박본관과 원장, 둘은 어떤 관계일까요? 여기에서 한 가지 이상한 점이 있습니다. 원장은 항상 박본관을 두둔했고, 그를 신고하려면 자신을 신고하라는 식으로 감싸고 돌았습니다. 둘이 전혀 모르는 남남인 사이라면 그렇게 했을까요? 원장은 박본관의 무엇을 숨기기 위해 그렇게까지 두둔한 것일까요. 그것 역시 지금까지도 의문으로 남아 있습니다.

   물은 물결이 잠잠하면 스스로 고요해지며, 거울은 먼지가 없어지면 저절로 반짝입니다. 그래서 우리는 고요한 마음을 찾기 위해 지나치게 애쓸 필요가 없어요. 흐린 것을 떨쳐버린다면, 스스로 맑음을 되찾을 수 있을 거예요.

   또한 강제로 행복을 좇지 않아도, 즐거움은 자연스레 찾아옵니다. 고통을 떠나보면, 자연스레 즐거움이 찾아올 겁니다.

   결론은 테러도 고통도 아직 진행 중이라는 사실입니다. 부모님은 하루가 다르게 늙어 가시고 몸은 더 안 좋아져 가십니다. 이 일이 있고서, 우리 가족은 꿈도 생계도 돈도 모든 걸 다 잃었습니다. 이 일이 있기 전, 우리 가족들은 좋은 게 좋은 거다 하고 낙천적으로 살아가고 있었습니다. 특히나 아버지나 오빠는 사람들과 대화하는 걸 참 좋아했습니다. 아버지는 생업을 완전히 잃으셨고, 오빠는 박본관과 원장의 범행이 두려워서 안정적인 직장을 구하지 못하고 있습니다. 현재 일용직으로 어렵게 하루하루 생계를 이어 가고 있습니다. 그마저도 아주 간신히, 생계만을 이어 나가고 있습니다. 오빠가 잃은 건 직장만이 아닙니다. 타지에 사는 오빠도, 부모님과의 신뢰를 완전히 잃게 되었습니다. 이 일이 있기 전에는 어머니께서는 힘든 일이 있으면 오빠에게 상담하시곤 했습니다. 하지만 이젠 가끔 전화로 연락하는 것조차, 귀찮아하시는 그런 상황에 이르게 되었습니다.

그렇게 발버둥 치고 살아봤자! 사람 사는 일 다 거기서 거기고 다 그렇더란 말입니다.

능력 있다고 해서 하루 밥 네 끼 먹는 것도 아니고 많이 배웠다고 해서 남들 쓰는 말과 다른 말 쓰던가요? 백 원 버는 사람이 천 원 버는 사람 모르고, 백 원이 최고인 줄 알고 살면 그 사람이 잘 사는 것입니다. 길에 돈다발을 떨어뜨려 보면 개도 안 물어 갑니다. 돈이란 돌고 돌아서 돈이랍니다.

37.

지옥의 문은
열리지 않습니다

이 책에서 다루고 있듯, 가짜 좋은 일 뒤에
지옥의 문이 열리는 건 기정사실입니다.
지옥의 문이 열리는 순간 그 문을 닫기는 불가능에 가깝습니다.

많이 벌자고 남 울리고 자기 속상하게 살아야 한다면 벌지 않는 것이 훨씬 나은 인생이지요.

남의 눈에 눈물 흘리게 하면, 내 눈에 피눈물 난다는 말 그 말 정말입니다. 내 거 소중한 줄 알면 남의 거 소중한 줄도 알아야 하고, 네 거 내 거 악쓰며 따져 봤자 관속에 넣어 가는 것은 똑같습니다. 주변에 노인이 계시거든 정성껏 보살피며 내 앞날 준비합시다! 나도 세월 흐르면 늙습니다. 어차피 내 맘 대로 안 되는 세상! 그 세상 원망하며 세상과 싸워 봤자 자기만 상처받고 사는 것. 이렇게 사나 저렇게 사나 자기 속 편하고 남 안 울리고 살면, 그 사람이 잘 사는 것이지요. 욕심? 그거 조금 버리고 살면 그 순간부터 행복해집니다. 뭐 그리 부러운 게 많고 왜 그렇게 알고 싶은 게 많은지? 좋은 침대에서 잔다고 좋은 꿈꾼답니까? 아닙니다. 사람 사는 게 다 거기서 거기지요. 남들도 다 그렇게 살아들 가는데, 내 인생 남 신경 쓰다 보면 내 인생이 없어집니다. 어떻게 살면 잘 사는 건지, 잘 살아가는 사람들은 그걸 어디서 배웠는지 생각하지 마십시오. 고개를 들어 하늘을 보다가 언제인지 기억도 안 나고, 정말로 기쁘고 유쾌해서 크게 웃어 본 지가? 그런 때가 있기는 했는지 궁금해지십니까? 알수록 복잡해지는 게 세상 아닙니까? 자기 무덤 자기가 판다고 어련히 알려지는 세상 미리 알려고 버둥거렸지 뭡니까? 내가 만든 세상에 내가 묶여 버린 것이지요. 알아야 할 건 왜 끝이 없는지.

　눈에 핏대 세우며 배우고 또 배워도 왜 점점 모르겠는지! 남보다 좀 잘 살려고 몸부림치다 돌아보니 주위에 아무도 없더군요. 왜 그렇게 바쁘고 내 시간이 없었는지? 태어나 사는 게 죄 란걸 뼈에 사무치게 알려 주더군요. 엄마가 밥 먹고 "어서 가자" 하면 어딘지 모르면서 물 말은 밥 빨리 삼키던 그때가 그리워집니다. 남들과 좀 다르게 살아보자고 바둥거려 보았자 남들도 나와 똑같습니다. 모두가 남들 따라 바둥거리며 제 살 깎아 먹고 살 필요 있나요? 잘산다는 사람 들여다보니 별로 잘난 데 없이 늙어

가는 모습은 그저 그렇게 서로 같더라고요.

많이 안 배웠어도 자기 할 말 다 하고 삽니다. 인생을 산다는 것이 다 거기서 거기지요.

그저 허물이 보이거들랑 슬그머니 덮어 주고 토닥거리며 다독이며 살아갑시다.

이 일이 있고 난 뒤 달라진 게 너무 많습니다. 저는 3년이 넘는 시간 동안 원장의 꼭두각시로 살았습니다. 그 결과 지옥에까지 다녀왔습니다. 이 책을 내게 된 이유는 직장 상사라는 사람의 범행을 폭로하기 위해서입니다. 저를 구치소에 입감시키면 그는 완전 범죄가 되는 걸로 착각했나 봅니다. 하지만, 세상에는 완전 범죄란 없습니다. 비밀은 언젠간 밝혀지고 진실은 수면 위로 드러나기 마련이지요. 저는 그동안의 저의 무지함과 어리석음을 뼈저리게 반성하고 있습니다.

"용서는 나에게 상처 준 사람을 해방해 주는 일이 아니다. 그 사람을 향한 원망과 분노와 증오에서 나 자신이 해방되는 일이다." 사람들은 제각기 괜찮은 척하며 살아가는 거지, 정말로 괜찮은 사람은 없습니다. 아프지 않은 척하며 살아 내는 거지, 어느 곳 하나라도 아프지 않은 사람은 없습니다. 사람들은 보이지는 않지만 모두 자신만의 삶의 무게를 이고 지고 살아갑니다.

그리고 사람들 모두가 자기가 갖지 않은 다른 삶을 더 동경하듯 불행은 남과의 비교에서 시작되는 것입니다. 모퉁이를 돌아가 봐야 거기에 무엇이 있는지 확실히 알 수 있습니다.

가 보지도 않고 아는 척 해 봐야 득 되는 게 아무것도 없지요. 바람이 불고 비가 쏟아져 아픔과 고민이 다 쓸려간다 해도 꼭 붙들어야 할 것이 하나 있으니 바로 믿음이라는 마음입니다. 우리는 누군가를 믿을 때 마음이 편안해집니다. 혹시 그 사람이 배신을 저지르진 않을까 하고 염려할 필요가 없어서 마음이 편안해질 뿐만 아니라 배신을 위한 예방에 들여야 할 시간과 노력을 절약하게 해 주는 효과를 얻을 수도 있어서 그런 것입니다.

아무리 힘들어도 현실을 직시할 때 우리는 희망을 다시 찾을 수 있고 어둠의 끝은 밝음이라는 믿음을 잃어서는 안 되는 것입니다.

끝으로 이 책을 읽으신 독자 여러분께 감사 인사를 전합니다. 벼랑 끝에서, 여러분의 글과 댓글들은 저에게 큰 희망과 용기를 선사했습니다. 그 때문에 저와 가족들은 다시 일어서, 새 삶을 살아갈 수 있게 되었습니다. 독자 여러분께서 남겨주신 댓글 하나하나가 저와 우리 가족들에게는 큰 힘이 되었습니다. 이 일을 겪고 저와 가족들은 매일 눈떠지는 게 무섭고 지옥과도 같은 삶을 살아야만 했습니다. 독자 여러분 덕에, 우리 가족은 지옥에서 지상으로 올라올 수 있었습니다. 또한 삶에 희망의 불빛이 보이기 시작했습니다. 그 불빛은 새로운 삶의 시작이라고 할 수 있겠습니다. 또한, 이 불빛은 제가 만들어 낸 게 아닌 독자 여러분께서 저와 우리 가족에게 주신 희망이며 선물이라고 생각합니다. 다시는 우리 가족과 같은 일을 당하는 분들이 없었으면 좋겠습니다. 불미스러운 일을 당해서 마음 다치시는 일이 없었으면 하기는 바람입니다. 조심스러운 발언이지만, 악을 행하는 악당은 법의 심판을 받고, 경찰은 민중의 지팡이가 되어 줬으면 하는 작은 소망이 있습니다. 피해자는 존중받고 보호받아야 할 권리가 있고, 가해자는 질타받고 비난받아야 할 권리가 있습니다. 무조건 가족들의 소행이니 가족들이 해결하라는 말만 반복하시지 마시고, 사건의 본질에 좀 더 깊게 파고들어, 진범을 색출해서 검거하는 수사를 하셨으면 하는 바람이 있습니다. 이 책을 읽고 있을 원장에게 한마디만 하겠습니다. "양심이 있으시다면 제 발로 경찰서에 가셔서 자수하시길 바랍니다. 더는 우리 가족과 같은 피해자 만들지 마시고, 지금이라도 늦지 않았으니, 법의 심판을 달게 받으십시오."

독자 여러분의 뜻대로 이런 비극이 이 나라에, 그리고 이 사회에 두 번 다시 반복되어서는 안 됩니다. 우리가 어린 시절부터 인생을 대신 살아주는 사람은 없었습니다. 조언을 해 주는 사람이야 얼마든 있었지만, 결국엔 우리 인생의 주인공은 '나 자신'입니다. 결국엔 내 뜻대로 살아가는 것이 우리네의 인생입니다. 또 하나 당부드리고 싶은 건 이유 없이 좋은 일이 생기면 일단 의심부터 하시길 바랍니다. 좋은 일이란, 피나는 땀과 노력과 고생 끝에 그 대가처럼 우리에게 찾아오는 겁니다. 마치 노력에 대한 대가를 보상받는 것과 같지요. 아무 노력도 하지 않았는데 덜컥 좋은 일이 찾아왔다면 의심부터 하시길 바랍니다.

적절한 의심과 경계는 때로는 피가 되고 살이 됩니다. 이 책에서 다루고 있듯, 가짜 좋은 일 뒤에 지옥의 문이 열리는 건 기정사실입니다. 지옥의 문이 열리는 순간 그 문을 닫기는 불가능에 가깝습니다. 지옥의 문이 열리기 전에 의심하고 경계하십시오. 그러면 지옥의 문은 영원히 열리지 않습니다. 이 책은 이 사회에서 일어나지 말아야 할 범죄와, 원장의 만행에 대해 다루고 있습니다. 독자 여러분의 가정엔 행복과 기쁨만이 가득하시길 바라는 마음에서 이 책을 마무리하도록 하겠습니다.